中国多民族文学丛书 / 第一辑

疏勒河的流水
溢上岸边丛杂的小径

王冰/著

作家出版社

王冰 山东人，毕业于广西民族大学文学院，现为中国作家协会鲁迅文学院培训部主任，副研究员，为广西作家协会会员、中国作家协会会员、中国社会科学院《文学蓝皮书：中国文情报告》编委，著有散文理论专著《散文：主体的攀援与表达》。

作者近照

编 委 会

主　任：吉狄马加

副主任：李一鸣　邱华栋　王　璇

编　委：王　冰　郭　艳　孙吉民　赵兴红　王　祥

　　　　宿风阵　司丽平　纪彩霞　聂　梦　谭　杰

　　　　赵　飞　赵俊颖　严迎春　李蔚超　张俊平

　　　　赵　依　李亚梓　曹全弘　王锦方

目　录

第一辑　1992 年的旧作：四十六把黑钥匙

疏勒河的流水溢上岸边丛杂的小径

疏勒河的流水溢上岸边丛杂的小径

第四辑 1991 年的旧作：十二首残剩的情诗

第五辑 2015 年：疏勒河的流水溢上岸边丛杂的小径

疏勒河的流水溢上岸边丛杂的小径

1992年的旧作：四十六把黑钥匙

第一把　落下的乐园

曾使我感动、欣喜的神话般的童年时代
在沉思、梦想、祈祷、悲叹中散失掉这一切
各方面那些无常的逝者，都老了
连同流连在过去的安慰
灿烂的生活不再在白马起伏的山冈升起
而恶人的黑夜就在这个时候
突然降临到人的头上

我伤心地知道得很明白
即使一年中最灿烂的鲜花
也要从粗糙的树上落下，接近毁灭
而把最宝贵的无价之宝
永远搁置在沉寂的远方

接受悲哀的毁灭
经历万分的荒凉与黯淡无光
在仇恨的苦和杀气重重中
开成一朵会使一切习惯恐怖的新花

我们致力于一种生存的胜利

仅仅是为了我们的孩子

活得轻松

没有跨海浴血的负担

第二把　黑色的阳光

本初的爱进入悲惨之城的道路
阳光从我而入，从我
遭受永劫的人群沉入永恒的痛苦
至尊至高的造物主啊
在我之前或者之后
那些没有创作出来的东西
是不是在黑色阳光里被人摒弃的一些希望

花环无异于阳光精心编织的大门
我看到它悲惨的幽魂在喟叹、哀哭和深沉的号泣
多情的造物主啊
是谁救助了它
这样恢复了已要去的欲望的原意
先行的言辞保住了多少幸福的时光

这株为夜间的寒气所弯折的闭合的小花
是不是还有掌声和低沉暗哑的声音
在那永远漆黑的阳光的空中转动
从来，我都想象不出
在我之前
竟有那么多人，为了死的希望而失去生命

疏勒河的流水溢上岸边丛杂的小径

幽黑的阳光之后

为生活的可憎刺痛内心

血和泪流到我们的脚边，血流满面

血流满面啊

我至圣至尊的造物主

据我那微弱的星光所能感知到的

黑色悲痛生命的盲目

多么令人悲不自胜

第三把　去向何方

我从哪里来
要到哪里去

黑色城堡的门内
上下马声一片
我身魂两丧
回归了尘土
无人哭，无人泣

天空崩溃而焦烂
重生由此不再璀璨
靠自己的力量
无非要等白了头
在这遮天蔽日的时候
美丽的香火树仍烧得辉煌
可人的痴心都燃成了纸币的粉末
难道大地就是如此再现生机
蓬勃如天堂的吗

四周这么沉默
我又能说些什么

第四把　走在青春的路上

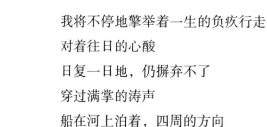

我将不停地擎举着一生的负疚行走
对着往日的心酸
日复一日地，仍摒弃不了
穿过满掌的涛声
船在河上泊着，四周的方向
浑圆，你的声音总无始无终

尽管密林的中途
三月傍晚的阴冷与哀愁
织得如此冷艳与凄美
青春仍燃着我尘世的路途
而为什么，我只有半杯酒和冷冷的眼泪

身边闪过一个个紫艳的舞厅
人那么多，却不必去分辨高尚与卑劣
鱼缸里的鱼，清一色地左右晃动
不像鸟，飞
就要炼就硬朗的翅膀和硬朗的性格
而那最终的道路
和最后与我相接的人呢

静谧的灵魂，饥渴烧得发旺
一种向往的阴影
使我们出奇的冷静
舍弃一个家，雨下得真令人揪心
而萌绿的期待与辉煌
在比意识更艰难的心灵路途上
痛苦，并深深旋舞

第五把 毁灭

在我们被毁灭时
我们一生之中，还有多少时间
要被我尝试
默然忍受命运暴虐的毒箭
我因为怯弱，宁愿忍受目前的折磨
才不知痛苦地向远处的罪孽飞去

幸福的希望弄糟了我们的生活
但我确实感觉到，我已变得疯狂
借此，我又度过了多少不安的夜晚
黄昏啊，为什么凄冷的死亡仍要将我烧毁
她为什么如此悲泣
她为什么如此使我心烦意乱

而我又何曾淡忘
人间沉浮的痛苦与忧伤
激烈的悲伤变得如此透彻、忧郁和庄严
最后的结局，最后的结局呢
怎能是为生命匮乏而受到的惩治

我的至爱

在这夜，哭就哭泣吧

像歌吟，野地的坟墓也要修得素朴无华

疏勒河的流水溢上岸边丛杂的小径

第六把　临别

在这个世上，我们已经完成了使命
再没有适合我们去做的什么事情
我们像一只孤零零的麻雀飞过
穿越暂时辉煌的厅堂
瞬间即逝，杳然而去

从这，我们可以了解我们的高贵
显露我们的卑微
证明我们生存的伟岸
我们本性中那种舒缓的崇高品德
更要我们注重生命之后的种子
不管人类是否都视财如命
我们也并没有把死亡当作交换
财产、爱情和生命的代价
死亡到来之前的那点可怜的时光
仍然多么有限

在这个世上
也只有生和死不接受馈赠和礼品
生命没有祭坛，也不需要颂歌

连许诺和誓言也孤独地站在一旁
而这是不是生命的浪费和毁坏，怨恨与破败
是不是因为欲望过早地得到了满足和理解了呢

疏勒河的流水溢上岸边丛杂的小径

中国多民族文学丛书

第七把 很久以前的爱情

14

芸芸众生之中，死的本性与真谛
唯有在虫僵草衰时才显露出来
日子永远是无罪的
恐惧是很久之前的事了
很久之前，我曾为了爱忘记了一切

从不能体验的死就要降临到人的头上
我们无止境的真爱的视野没有界限

爱情在手掌之中将很有裨益地
慎重而庄严地进出
没有激动与不安
甚至没有意识之中的苦痛和心慌意乱

而我们现在却将最终彼此展开
几根红羽毛，占卜者的灵魂骚扰不了别人
而我也极愿意等待

哦，人类的子孙，消瘦的死神
我们爱人的乳房栖息在我们肩上
爱情却在寒气砭骨的冰上被狂飙吞噬

死的恐怖使爱情像天堂一样幸福
而你，永生永世的鸟啊
春天里，你是不是在异邦的谷地里
为没有家而忧郁悲伤地落泪的那只鸟啊

疏勒河的流水溢上岸边丛杂的小径

第八把　远处的风景

死后的名字是唯一令人心痛的遗物
它隔着天地，接触着人
没有终结，即使在地下
也承受着烦人的讥诮和辱骂
我的这温和而模糊的意识都要无法忍受

穿越它，困难重重
穿越了它，又有多少希望走进这环绕的围墙
不再到别的什么地方去
大地密织的阴影到处布满无章的灵魂

啊，仁慈的小舟啊
你的神秘门槛
用一种什么力量才能使你的躯体开放
让人平安地忍受这无情人世

一切似乎都要死去，都将死去
即使乖戾的，也要离开
站在黑暗的河边
对着死亡这样的时代
船桨的溅水声几乎也显得不太重要

今天或死后
也将我慢慢忘掉
远远地，远远地让我隐没
而你最终的歌声终于去了哪里了呢

疏勒河的流水溢上岸边丛杂的小径

第九把　塬上的道路

河流的钝响哗然，麦静立
于山川之岸，阳光确实没有
暖风的味道可以拒绝或者放生
苔绿的脚印将在何时才能散成盛开的梅花
滋养遥远的生灵
一年一年地，慢慢地度过
而我所有宽心的施予与富有
又给了我什么

最远处的景色无与伦比
在铠甲和青春的裸舞之初
宁静而繁盛的家园
覆盖了我们五十年

所有的桨都沉了下去
船儿摇在白云之间
月夜，鸟的声音一簇一簇
巢的响动，我感觉惊悸的翅膀上
黑夜在路上开满掌心

还记得那些枯槁的日子吗

大雪纷飞，更鼓与女儿的歌声明晰
月，每天都从静蓝的湖水深处升起
阳光遍地，肯定与朴实有关

我这几次陷落的沉默，从我心头
错过千次，而成熟的优雅舞姿后面
你的眼睛那么黑
人多么艰难

疏勒河的流水溢上岸边丛杂的小径

第十把　静静坐在村边

村落在炊烟的淡薄间浮摇
乡下孩子们在雪地上，跳得多么欢畅
不知他们快乐的生活里
是否也深深暗藏着烦恼和忧伤
而人类幸福的彼岸在哪里呢

我们跋涉在繁花满径的路途上
在这荒野的四周
树荫的光斑中，月光很淡
拓荒者的手臂离得越来越远

如花的生活在黑夜来临时
失去了往日的欢愉
在这多难的令人小心的时代
我们的歌还没唱出来
声音就随着脚步声喑哑
就在这天，我独自走在腐叶的小径上
心跳如同果实坠落的声音
而高空的群星将成为我新的日子里
新的宾朋

第十一把　野地

日暮，童稚的心使我深陷恐怖
站在河边
听人类在黑暗之中唱起的歌
所有的恶意逼近我迷路的声音

止息一切的迤逦，一切的扰攘
包括厌世的礼忏声
饱啜色、香、肉体、灵魂
和我所有直觉能载起的一切
包括帆、桨、银白的浪花
而风竟这么吹
沙竟这么重

还有那金黄的一排排小麦
在成熟和萎缩、黑暗与光明的空中飘荡
衰草的气味强烈地传来
本来我们稳操胜券的收获
在将来都变得飘浮且面目全非

而又是哪一朵花
鲜红地开在黄昏
体验繁盛与枯衰，像叶子一样

第十二把　黑暗的重复

谁说我们活得长久就能理解生活
至爱的恩赠，人人都说
你是死亡的隐饰与伪装
所有这些令人厌烦的重复多么残酷无情
我愿在一夜之间变得愚蠢
或在它的边缘成为旁观者

死神仍衣衫褴褛地在我们尚还温暖的生活中隐蔽
我们却在短短的争斗中
一点一点，慢慢接近了它
同我们的忧愁、恼恨、嫉妒和憔悴
一起赶赴下界
还有血、肉、皮肤
在群峰之后，都沉寂下去
——消亡

最终的岁月的木柴
还是压倒了我们沉重的躯体
我呻吟着，迈着沉重的步伐
寻找一种比死更艰难的疲劳与苦痛
用一种无比巨大的恐怖压倒死的威胁

第十三把　冷风景：十八点的蓓蕾

一生的善良还会不会为人所伤
为满怀希望的正要盛开的十八点的蓓蕾所伤
夕阳已经寥然西下
众神环绕的暮雨中
谁的姿容如此娇艳无比
往事如烟，从此雨中如何才能美丽如初

奢侈和淫靡的青光闪烁
遮盖了自己的丑陋
就算我们明白了使我们自己后悔的一切
就算沉闷与亢奋的锐气从此戛然而止
最终失去的
仍不是我们想要失去的那些

而在冷冷的斜风密织的雨中
做过之后，我们还能有什么理由呢
想我们在僵死之初
野蔓的缭绕曾让我们无比惊喜
伪善的路途隐映我们千帆的到来
冷冷的风景，冷冷的蓓蕾啊

被观赏的命运又怎能不这样快地夭折

人生如此凄淡

盛开在黄昏，还是不是一种希望的力量

第十四把　如今的小舟

海洗净了满身的尘埃与罪过，为我们而来
火焰自天空的蔚蓝上升
苍白的细节，谁是那最良善的导者
如今的小舟啊，迈开第一步向前疾趋的骨节
我不能再盲目地行走了
天恩的圣洁是我的前辈
是我久久凝视沉思着的
诗歌之祖

稍嫌激昂的没有先知的惊奇
并没有走向我
哭声与泪水伴随着美妙的音乐
唱起永劫不复的洁净的颂歌，半壁而亡
我将怎样来满足自己心胸的喜悦

我们的感觉已沉寂了一冬
在迟来的春天的花园里
还有多少生命的力量和光华可以消耗

我最后也将飞翔在静林黑夜的阴影外边

裹紧大衣，慢慢地，一步一步地
一天一天地，在风雪这么大的天气里
被冰凉的希望，折磨得如此精疲力竭

第十五把　寻找最后的歌唱

在这个日渐冷零的世上
谁还能够不为金钱和妩媚的魅力销蚀

凄凉的林中
最后的月亮已经下沉
最初的歌声开始冷峭
鸟的羽啊，鸟的羽
要是你仙灵的幻象为寒风吹熄
我注定要在无眠的风雪之夜中
被人挟持，终生漂泊

我们所行进的风雪之路上
黑色马上凝开圣洁的冰凌花
在阳光之后，曝晒之后
金钱的名下
红格子蚊帐里能挂多少爱情的花环
它们这么欢呼雀跃
到底有何骄傲

往日里，娇娆的骑手们都已苍老
在逃走的冷冷的险途中

田野里好静
可我只怕我的飘飘长发
已经听不到明天的花开花落了
仙灵嘹亮的歌声
我也已经听不到了

第十六把　禅宗：给我静坐

静林的深夜
谁是我唯一伸手相迎，相触温暖的朋友

我的白发像凋枯的落叶一样
在我盘腿而坐的身后
被往年淤积的尘土埋住了许多
孩子们绿叶的手臂日渐冰冷
谁都不再去关心别人
还要把自己的荣誉和财富建立在别人的坟墓之上

就是这一个冬天的林中
黑漆漆的月光的帷下
我在去年所歌颂过的茅屋农舍的安宁
它灿烂光华的叹息已沉入黑夜的莽歌之中
连我哈气的枯萎的幻象
也迟早要从我身上不留痕迹地碾过
这又怎能让我忍受得了这种生命无为的腐落

我分明看到，在阴魂的花的脸下
两个魔鬼正在黑暗的风中对打
我分明听到，远方的花盛开的声音嘈杂

在这往日里红火奔突的藏身之地
如果我被无情地拒绝
难道美丽和灵魂同样也要被拒绝吗

第十七把　君临的纸船

行人的路途
隐去地狱人心的面罩
还能有谁毁了我美丽的家园

船，始终以君临的姿态
仍一无所得
忧伤和灰眼的绝望伸向四野的荒凉

雕梁画栋的船
是在一个月明星稀的晚上
从黑夜的森林中，划两手的桨
顷刻间，离开了自己繁盛美丽的家园的
冷残之人啊
那夜的风那么冷，那么大
可为什么到了如此屈辱的程度
竟还有人，仍放不过我
船是活在那一个黎明之后的光轮中的啊

就在那天，坐着这只无名的帆船
在静静的河上流着，随意流浪
就像一只灰鸽子在少女雪白的臂上

缓缓地滑翔

我不知道该叫它闪亮的金弓

还是叫它作为迁徙者

飞逝的鸟痕

第十八把　溃散之鸟

张开双手，让朝霞慢慢消散
在冷风吹拂的面颊之上，泪痕斑斑
浮现的荒凉已消散无余
溃散之鸟，可怜的人啊
在平息的安静笼住纷纭的万类的余烬中
用精神的斧钺
砍杀惨淡灵床上伤心断魂的暮霞
那把日落徐徐的刀

这是个美艳失色的秋天
从东海之岸又一次泛出黎明的微红脸颊
愈亮愈大了，翅膀曾经几次被逐出天堂
和进入地狱
当强大的月光越渐光艳
用桨，给我明示吧，美丽的秋天的鸟
秋天沉睡的你是否已展开双翼
跨越那么阔的两河之岸
准备飞翔

已经不用帆了
双翼的毛发愈飞愈远

疏勒河的流水溢上岸边丛杂的小径

越显得比先前更加灿烂辉煌

众魂拥积而起的美丽的鸟啊

给我一只小艇

幽冥的涧泉和初秋的荷叶

旋舞，颠倒昏迷

第十九把　阴雨的草木

阴雨的天气再次来临
灰烬背后，最后的松香焚化灾殃的流汁
灵魂和一条蛇同时一跃而起
并且以一种狂风暴雨之势
拨开云雾，在峡谷之旁的田野上
痛苦地行进

火的姿势消失
猛烈的阳光就这样慢慢走开
焦黄的颊面上，邪恶攀援如同闪电
黑白相接
留下的痕迹，遮盖或偷偷溃散

这不由不让我忧郁
复仇的苦痛坠落下来
石的沉重
多少年之后缄口不言
我敬爱的仁爱之神啊
我面前显现的一座山，已晦暗了五次
风暴的船只
哪一只才是我平生遇到的最雄伟的山峰

第二十把　天晴之后

天晴之后，我走到桥头的那边
黑夜的骏马从我征发的队伍之前
撤退逃窜
美丽的船用鼓和堡垒的信号
保全并留了下来
胜利在望！所有的恶鸟都被震慑着
退后一步

飞，却隐没不见
翼翅的露珠降临在烫伤的心头
痛苦的钢叉做腾飞的掩蔽
伪善者的恐惧渗透毛发

雨过天晴，身边的烈焰再次火红
悬空的感觉
缓慢的脚步离开那些本是背着重荷的幽灵
阳光的攀援在短短之期内
山谷顿成火红的血脉凝结

第二十一把　杀身的荣耀

荣耀再也不能接近我们所向往的东西
远方的痕迹珍藏得越是深沉
我们所歌咏的心中的一切
越是人类所无力重述的最后一件事业

桂冠高峰的威力
似剑，从我所宠爱的躯体里猛烈抽出
吐着灵气
太多了，人欲的迷失与龌龊
幸福的月桂的枝叶
也太容易凋落

山冈燎原的星火何时才照耀着
人们无采的眼睛
峡谷那边，落幕竟那么惨弱
回过头吧，回过头
当美丽的想象
再次强烈地吸引着心灵的时候
苍穹的闪电，离开我们命运的源泉
也似乎不再那么遥远

高山之巅，箭般的火焰啊
把理智和最静止不动的爱指给我们
仰望荣光的路上，小小的船儿轻摇
在我们心中
已经没有多少灿烂辉煌的企图

第二十二把　黎明落下

黎明落下，天凉了
天凉之后，振起你金黄的翅膀
停留片刻
黑夜的边缘，船似满载着
青鸟神圣的祷告似乎转眼就要向前飞去

想那忘恩负义、易变及叛乱的悲痛年代
痛哭与幸福
这朵蔷薇上的两个根株
耗尽漫漫尘世的路途
是现在唯一可以充饥的食物

就是我所看到的狂喜与欢跃
光彩的命运，离开谁的缘故
坐怀的地方
充满恩惠的欢欣洒在人的脸上
飞翔啊，飞翔
等洗礼之后，相争的冠冕
安息着仁爱，并赋予我们心神
好好地听，好好地看

难解的毫无原因的美丽与辉煌
一瓣瓣
慢慢在这朝圣的时辰凋落

第二十三把　怎么样的雨

雨在黑白两个海岸之间
默默下着，不再轰鸣
灿烂而丰硕的果实
只把你当作献奉祷告之用

我本人是谁
你的渊底，火焰的光辉
仍无法与你匹敌
你美丽的鼻息越来越坏
移动脚步
星云的火焰照亮最圣洁的灵魂

先前的歌声，已使你深沉的叫喊声
起了变化
雨，苍白而喘着粗气的孩子啊
火焰四周，增加的这层美丽
死时，我看到燃烧的爱
坐落在复仇的危崖之上

雨的急切把邪恶的信仰引了回来
待雨过天晴

阳光照耀下的花朵的容颜

尽情怒放吧

并以四周的愿望得到满足，作为拯救

第二十四把　顿悟了

我们和睦的最终使命是光和精神
我们感到，在人的头上闪烁的永恒的憧憬
在没有创造出来之前
人类行进的道路是艰辛的
罪与死同样具备希望和爱

把驱使生命的快意沉入一切浮生的梦中
我仍愿闷声不响
早先唱的或者后来将要唱的歌
在神圣的目标前的林地上旋舞
女妖优美缥缈的花纹将随时伴随着我们

冷淡与傲慢在远处窥视着我们
我听到黑夜萧萧的声音
雨又湿又冷
牺牲幸福，在孩子和金钱之间的踌躇
世上还会有多少很暖很明媚的阳光

而枯落的季节转眼就要来临
那最初的微笑也早已慢慢变得如此不幸
鸟的羽如杯子打碎时，声色的凋零

我不想坚持下去
接受耐心的忍耐和爱的憎恨
道路如此艰辛，却不能说
斗志和良心不是至高无上之举

中国多民族文学丛书

第二十五把　圣极之地

谁在断垣的四周一起一伏
忧惧和死亡在用时间为人涂抹容颜
而青春的魅力却要一天天地被吞噬

澄明的圣极之地已远离我们而去
凄然地坐在这片空地上，我们茫然悲恸
而我并非永世的苦难者
困苦和恐惧，唯有谁才敢接近

生命将日夜不停地流泻和生育
目的的憧憬只是一瞬间灵魂的战栗
我们的生命在此空虚的燃灭中自由旋转
还要我们的孩子，在苦难和一半欢喜之间
继续走我们尘世上贫乏的道路
付出多少代价和疏忽的罪愆

生活中没有一片宁静的云
和无数性急的海鸥，令我高兴
又有谁知道
坚强者，在出走之后
绝望的痛哭留给剩下的坚强者来承受

第二十六把　湖畔的傍晚

海滩的黑夜幽幽来到浮动的船上
傍晚，湖岸已如此渺渺而去
岸边的白杨树上
栖过鸟的果实像巢
我却无法掩饰自己与白昼的亲疏

光之影的生活
走入我们今年初透的胚芽
岸的旁边，船的声音
低低地在水面上回旋
冬天的阳光里，鸟回过身来
这样的傍晚，走或者停留
都将缓慢地沉入一种更远的黑暗忧伤之中

舞之魂空自洒脱
烧旺的火焰泯过人童稚的双眼
我不再停下，我仍得不到暗示
门的开启，用去年的幸福而言
这种想像过千万遍的预言仍使我们深深不安
遍地的坚实，在远处还是一朵未开的花蕾

火洒在我们落目的地方
耀眼且不留痕迹

疏勒河的流水溢上岸边丛杂的小径

第二十七把　自首

满满的酒光，美妙的少女
将和草无异
干枯的果核却不再霉烂下去
心爱的房子里
死亡是陪伴我们最响亮的歌声

想当初，黑暗是我空阔的屋舍
我们都是从中而来，舍弃那些碧绿的年华
歌声在星云的黑夜里闪烁而过
永远同你一起沉入幽暗的林中隐没
与死神一起将带血的时期拖到如今

任恶意和苦难在我心中长时间居住
在原始的黑暗中
要离开任何辅助的神物
转向自己和大地，勤勤恳恳地工作

而且，在这段闪耀着幸福的时期里
也不要把我唤回到白日的现实
在梦中，我才不会茫然凝视人生的恐怖

第二十八把 星宿照耀下的陵园

为了我们身后和身旁的孩子
每一个安静的角落都竖放了坟墓的铭文
连人迹罕至的地方
也不再隐瞒死亡的禁忌

那生命的明眸皓齿的花卉都归了尘土
珍宝、美酒，以及为舞会准备的长笛
也不再伴随着我们
甚至成了我们长长睫毛上的污点
在黑暗的遗骸混集的地方
孤独而壮丽的景色
还有黑到苍白的精灵
在我们的头顶之上缓缓地翱翔

而所有的火焰仍闪烁并摇曳
保存完好
我们几乎要辨别不出
这裹挟在风暴喧嚣之中的无常之感
假如我们的生活改变了
甚至有人用一些秕谷、糠和残梗埋住了我们
生活仍未弃我们而走

疏勒河的流水溢上岸边丛杂的小径

在太阳黯淡，星宿雪苍的时候
想想自己所做的善恶
金冠的圣洁将噬咬我们的灵魂
风中，一阵阵的忧郁将使我的四肢
僵冷断裂

第二十九把　回到黎明的海边

静止，用三个人的声音止息
黎明的海边变成的一片荒芜
美妙的歌声如此使我沉醉
平织的生命财富
才是世间最富足的鸟啊

而黑暗已经开始慢慢退了下去
在遍地荒凉的海滩之上
光明又是谁周身的容颜
给谁，可以使人人安心

就在这将近破晓的时候
海岩的鹰翼，像一阵风
闪掠船桅上的最后一颗星辰
四周的月光，再也没有声音
三月的舵手站在高高的船尾之上
桥都已塌了，再也没有人会挺身而出
可为什么
手掌却迟迟斩不下来
拒绝

第三十把 光之遐想

阳光的幻想闪掠我的心灵

虽说圈环之内的翅膀飞行

反射的光彩如此薄弱无力

虽说光之澄澈，眼光之外的景色辉煌无比

只一瞬间

无比宽容的天恩耗尽

光明深处，美丽的花

盛开在永恒的平和之中

千万盏明灯再次向我们俯冲而来

天空变得愈来愈灿烂

你这个人，也像一大片将要被收割的光辉

冬天里，像好孩子投进母亲的怀抱，深爱着

扑向光明的原野

要在以前，你星辰的眼睛逼视的力量

是活跃在如火的光明的喜悦里啊

微笑的野百合啊

黎明来临，幸福的歌曲将再次

穿过你内浮的气息

荣冠最为灼热的燃烧

第三十一把　雨后的草原

雨后的草原，横贯在稀薄的云雾之上
我与并行的彩虹
蒙受至善的火焰
笛声那嫩绿的新叶如今胜似一切
西风阵阵吹来
艳妆的新娘将迟缓地零落

衰败在山脉的边缘涌出洪流
耕种的痕迹也全然抹掉
天上迸射的光芒所描绘的形象
正像已经赎清了的过去的罪孽
整个秋天，航程之中都是遍地荆棘

而诱人的花朵纷纷披覆上
巨大的渴望，无比损伤着我们
草原，如此黯淡的彩光啊
有什么样的灾祸预先来临
我都无所怨恨
四周高山峻岭的风势这么猛烈
清风浩荡

先前人们脸上染有的羞愧的幻晕
一旦离去
我甘愿忍受翅膀断裂的痛苦

第三十二把　遗痕

留下来的债务，开始近似美德
牺牲照耀在自己身上的温暖
如今，所有这么多
还有什么可以赎回那无比锐利的光的痕迹

相信我们吧，高贵的灵魂
我们的微笑隐藏在浓重的云雾之后
欢乐的焕发
这神圣的深深的平和的光芒
我们从没想到过要据为己有

我们所向往的美丽的鲜花
却远离了我们
他们难懂的誓词
却并不能消除我们心中的疑窦
开启与忍受
心灵怀着极大的希望
用死神的复仇，给人施加残暴的处罚

认真倾听自身内部天意的深渊
人类还在慢慢堕落
高贵的地位，并非是始祖的血肉之子

第三十三把　巨人啊，你在哪里

巨人啊，你在哪里
用你不朽的眼睛来看看
人间所受的苦痛
虚伪、骄傲、欺骗、战争
我们的苦情
有谁比我们的肩头更加战栗

巨人啊，来看看
他们的血液的颜色如同污泥的黑水
他们所说的自由
就是迷恋令人消磨的美妇与少女
爱情每晚都在歇息时降临
从此却不再神圣

巨人啊，四周全是沙荒
狂啸的风雨一次次飘然而至
一切都是虚无
都开始冰冷和黑暗
为之痛苦的反刍是多少人的行为

灾难花枝招展，如新月降临
而谁将最后射出一支毒箭
表示自杀将是这之间唯一的欢欣

疏勒河的流水溢上岸边丛杂的小径

第三十四把　闪刀的光芒

刀！闪一下光明
你的生命结束了
我要为你重修庙宇

世间波动的明暗
忧郁的星，放射出黑暗之间的明辉
人们都在相互喊杀中号泣
他们惊惧地四处逃散
遗物却仍留在我手中
歌声该是最自由的

最自由的铠甲也生了锈
岩石上的骑士脸色苍白而扭曲
旗帜在交锋时
像冰雪一样地消融

青春的花朵也已凋落
罪恶在冰霜的寒气中沉静下来
往昔甘美的情景，要多少人
畏惧俘获万邦之敌的善良与美丽

踏着已熄灭的荣耀

连我也不明了

痛苦是否来自广大荒原上的自由

疏勒河的流水溢上岸边丛杂的小径

第三十五把　耳边的波涛

第一次消逝，然而就不朽了

永远的败绩，包括那些锢身已久的枷锁

令我们的灵魂痛苦

在沉寂无人的岸边

从不期望得到多少鲜花和无比的幸福

但我们不得不承认

在与孤独和幽谧的决战中

我们成了俘虏，但绝不是奴仆

我们的耳边还回响着人群不安的喧嚣

酒宴之上，人们仍大手拿着刀叉

醉意惹起周身的血液沸腾

有人总在悔恨与悲哀，却从不知道去战斗

我们内心的火焰积郁了多少年了

听听先世的光荣、辉煌与欣喜

谁最先开始喜欢我们

又最先终于毁损了我们

一切都已天翻地覆

一切都似乎显得无奈

连一些冷酷的痕迹也没留下

在哪儿，我们等着人来
并将以谁最后的叹息与苦痛作为界限

疏勒河的流水溢上岸边丛杂的小径

第三十六把　让我们欢乐的日子

过去的生命中，日子已不能重复

欢乐的宴会带来痛苦的墓志铭

没有狂喜的感觉

作为世间的游荡者，我的拒绝

对任何无极之路来说

都是一次迎头痛击

把最热烈的藏在我们胸中最深的地方

精灵的苏醒

苦度的青春总算没有白费

芳香清新的草地上

我们的灵魂将与欢乐为舞

我们在起伏的波浪上劳作休息

我们用辛勤的劳动编织动人的故事

你可知道，这一个地方

一定会容下我们的歌唱与自得

也能容得下我们的沉落与偃息

这种美化的而将远逝的景色

你说，在一片荒墟之中
我们业已完成的短暂的幻程
都不能比我们的胜利更声名远扬

疏勒河的流水溢上岸边丛杂的小径

第三十七把　翔河

活着，为了不让什么人
把仅存的一点精神抢走
走吧，到海上去
放弃加冕、华宴和额前的玫瑰

展开那面骄傲的旗
用手推开藩篱
除了对我们的成就
我们对什么都不能一掠而过
我们伤口最疼的地方是最敏感的眼睛
忍耐自己的灵魂，我们并不安详

如果光荣的名称从此成为过去
高踞在镇邦之城
一路的喧嚣将会成熟为沉闷的涛威

第三十八把　遗风：剩下的沉默

唯有美，才能幸福地跳动
才能由于恶人的放弃而倍得欢娱
不知从何时起，在美好的世界里
那种温暖的生机勃勃的踪迹
早已变得如此缥缈无迹

我找不到任何回音达到平衡
一切色彩和一切恐怖
都成了绝望的怀思
我们缓步而来，要在谁的怀中取暖

遗留的欲望还没有把我们的怒气完全消尽
拯救威严的决心
终究敌不过屈身为奴的事实
而这只是掠世已久的沉重的梦影与我分离

剩下的唯有沉默
那么，有谁更了解我内心的幸福

第三十九把　归程

一切都如此短暂
而我们，对于任何一种高贵的信仰
都可以用摆脱罪愆的手接近

可以重新聚在一起作为我们的归程
离你而去，我用爱交换
并潜心劳动在光明中，去维持生命

光明将在无数世纪的风雨中
伸展得更加无穷无尽
在永恒的光里
密叶间的繁花送来阵阵清香

不必再从尘世纷纭之中逃走
我们的世界与青春之地多么辽阔
从北海到南疆
我们的国家将胜似桃园

高贵的朋友啊，靠自己的智慧培育花苞
用内心的雨露滋润美丽的欢乐与和平

第四十把　远行

为什么我们什么也没有
就已遁入人生的辛劳和苦痛之中
深渊旁令人眩晕的狭路，挡住我们
在死生的边缘，我仍看不出一个究竟

年轻的希望抵得上我的全部家产
它虽驱逐我，我又怎敢放弃它
而它炫耀，只用我一生的沉默

远处伟大的景物永不会变得衰竭
尽管在远行之中
美丽的花香时时飘洒在我们身旁
但烟消云散之后，眼前的美丽光彩
又让我们得到了多少荣光

有比我们的爱人更久远的
也不会再次消逝
幸福的地区，曾有多少次把我们的孩子摧残
但我们热爱它，还有这个更美的时代

疏勒河的流水溢上岸边丛杂的小径

第四十一把　猎程

战马的四周，神圣的遗骸开始陷落
嘹亮的号声避开空寂无人之处
放了它吧，自由
重返任何家园已是极不可能的事情了

盛装不下的愁苦
谁还能再刺痛我们麻木的心
灰雀在奔流之中泅渡
毒虫却在惨祸之中鏖战，收割
毁灭的命运，就要逼近我们的城门
却仍抵挡不住我们内心的欢腾

喜悦的气氛早已为人所赐
歌唱或者舞蹈，还有暗红色的火炬
这是波塞冬想要聚集的地方
死寂沉沉的寂寥
谁能保护我们纯洁的灵魂

我们仍无法去目睹辅祭为主的祭礼
难道寂寞的轮舞将使我们从原野的尽头
逃脱，并不再向往金色的霞帔吗

第四十二把　被释

为什么人们都被这美好的信仰释放
而家在哪儿呢
在这个别无所求的世上
我从未获悉，谁还能摆脱
这种非生非死的境地

而这又是怎样不分善恶的日子啊
在发霉的岸沿与锁链踪迹全无之后
我只能想象，年幼的时代现在就该结束
在宽容之中，将孜孜以求的努力成果
当作寂灭之波祭奠

接着高歌，并非为平等做祈求，加以歌颂
我们暗暗窥视被践踏的疤迹
再没有多少索求
严冬，冰冷的翼翅业已成就的名目
重又丧失

如今，我们要凭谁判断
那最终的世人的囚笼
最后将有我们自己亲自啄破

第四十三把　我手举长矛

在雪屋之前，套好银亮的战车
我手举长矛，不带仆人
也不用结彩的藤萝装饰
独身的女性在侧
我想象不出我最恶毒的敌人
最终是谁

我也曾稍微哭泣过
美丽和善良被捆缚在危崖上
船骸笼罩在万道霞光的河滩之上
又有谁，在憎恨我

我要穿过风雪，赶在夜的前面
去迎战传布河际的残弱的呼号
而夜，什么时候
竟开始变得如此漫长

至善至尊的荣誉和威严无处闪耀
而在有回声的地方
又有谁的遗芳令我们依旧如此动容

第四十四把　残垣

固守这块土地
这种希望的荣耀已经失色
种种痛苦的回忆
把我们最后的精神耗尽
在人之前，城墙之下的胜利
同着我们的士气一起化为灰烬

在旧墙之底，时光已慢慢滋生野草
而流血和杀戮仍保存至今
流逝的年代中，风暴的呼啸保存至今
我们重聚在一起
普世的恩泽，人类已被毁灭
为什么我还爱着它

战斗中，我从未想到过害怕和死的景象
战争之后废墟的样子如同死人
狼要从林中悄悄地来
鸟要戒备三四天
在残余的狗群的狂吠中
吞噬人的身体和大腿

我们等待和渴望的那些日子终究没有来临

我想起我们以前生活中的一切

沉静的夜空无风而雪飘

夏季的山峰，永恒的冰雪如俏丽的莲花

连缥缈的云也睡在水边，而现在

残羹似乎就是我们取得的所谓的成功与胜利

为什么人们要远离故土

失去信任地彼此作战，直到疲倦

第四十五把　圣台的彩虹

越来越少，生草的泥土变成死亡的人家
是谁杀戮了它
使它默默枯萎，沉入形如深渊的牢狱
人的苦力像死囚
彩虹的迷失使我们再次衰落下去
它不再在山野和峻岭间漫游
是不是我们被人虏获的把柄
仍是为灵魂赎过罪

善良的人们啊，谁不明白
什么都成了别人的滋味
谁的面容
还能让人看出良好的出身和教养的特征来

它是否也将真的最终要沉入地牢，带着赐福
而谁的断剑犹疑
将用星光的金盏，覆盖坟墓的名字

疏勒河的流水溢上岸边丛杂的小径

第四十六把　断剑

花，夜雾之中，你什么时候开放
刀和枪沾满鲜血和灰尘
人烟已是极度稀少
最后的衰声将是四臂倾旋的跌落

断剑散乱凄然
深山腹地回荡起被俘者的歌曲
我们倒下去，像一片枯叶落在泥土上
我们战胜的是我们自己
还是成了无谓的牺牲品

歌却是那么残弱了
那是帝王手中的冠冕与棍束
也许直到那破旧的枷锁
被自己的灵魂打碎，抛弃
一切才将与黑莓与一条蛇迥然不同

古老的渴望就在这片土地上
被毫无人性地蹂躏
新的生命驱逐了旗
山顶之上飘起的，我不知是什么
但绝非为剑

1994年的旧作：禹水河

禹水河

当帝尧之时，洪水滔天，浩浩怀山襄陵，下民其忧。……于是尧听四岳，用鲧治水。……〔舜〕行视鲧治水无状，乃殛鲧于羽山以死，……于是舜举鲧子禹，而使续鲧之业。——《史记·五帝本纪》

第一章 黑暗的河边与禹相遇

在岸边，在四周都是森林和黑暗的岸边，
已没有谁的声音。
我坐下来靠着一棵枯树，
感到特别轻快和舒畅。
车辙在林中深陷，
我顺着它崎岖的踪迹一路望过去，
发现一只船停靠在许多影子的身边，
那里，所有人人享有的东西
都变得毫无价值，
并沉入更为黑暗的境界之中。
也没有阳光，
因为饥荒甚大，
人们只好暂时在漂泊中生活。
突然我觉得有一个人在模糊的水汽中，
正从废墟上重新捡拾起一些质朴的形象，
他没有月白露重装饰行猎的装束，
但他褴褛的带有瑕疵的衣服，
在黑暗的岸上更让人狂呼。
当他灵魂的姿势重新按照着
我重修的欢乐时，
我走过去，把住临飞的姿势，

那时的黎明开始落,
那天的神开始游动,
光彩闪烁的罩布包裹着枯萎的树枝。
在月光弥漫的高空中,
我看着他那双手持楫的姿势,
让我似乎在突然之间想起了一个人,
那就是在寒冷中多次赐福与我的禹。
我便再次用力向前,
捣碎眼前所有的风尘问道:

"天色这样晚,
只有你在这静静的河边,
你是在远古时期寻找坚固的磐石
做人的保障的禹吗?
你的身影曾如微风和潮汐来往,
当如今的悲伤重又降临,
人们又无家可归,
我便想找到你的藏身之地,
背对着一只灰黑的乌鸦和四周的沉寂,
向你诉说世间的一切不幸和灾难。"
那时的黑暗不断地涌来将我击伤,
我再看那寂静的林中,
禹露出温和的面容冲我一直微笑,
仿佛一些和着微风的光明
渐渐从枯萎的树枝之间
安然地走过一段灰静的路途。
他走过来拉住我,
一同来到他美丽的带有雕花的船舱坐下。
我看到那里面虽有一只火炉燃着火焰,
如一朵朵紫霞的铃兰盛开。
而四周的树冠却仍舒展着层层凄惶,

海岸的礁石仍然重重凝滞，

我问："你不是在那个销魂的夏天

静静地消逝了吗？

想那时，我忍受着美丽的天空中

彩云突然落下的苦痛，

哭得像个孩子，

我真想把自己如泣如诉的歌声再唱给你听。"

透过晚霞退下去的光彩，

我看到禹微微颔首，

虽然我感到我背后的阴影

不再在我回头的时候全部遮蔽住我的头，

但在黯淡的灰红色的晕圈背后，

我知道偌大一个世界，

也只剩下这一只船了。

禹说："我知道你来到此间的缘由，

你看，岸边的白杨树上，

金黄的灯都灭了，

黑夜就这样幽幽地来到浮动的船上，

在这世上，谁还能依旧尽享丰衣足食的生活，

享受土狼般的安康。

想想我们那时的天空是多么辽阔，

生命是多么诱人。

我知道你来是为了何事，

你不要我停下或歇息，

想让我的歌声听凭清晨的召唤，

似长矛和利剑，在战斗中救人生还。

其实我也想让光和影栖息在

高度智慧的树上，

让这宏伟壮丽的作品，

为人类，凭着爱、希望和信仰

静静地献出至宝。"

我知道禹及他的子民

曾生活在原始之初，不停地努力耕作，

他们的行为虽然还没有强大的勇力和睿智，

但他们至少已在干涸的原野中，

向临在或临近他们头上的困难和敌人挑战过。

这不由得我心胸起伏，感慨不已：

"世间的一切你都知道了吗？

想在我四周的人们谁还像你一样，

诅咒万物以忍耐为先。

马铃轻响的行囊，人们早已失去，

人们只知在风中不停地胡乱涌动，

凄惨之中，到底有谁

还背着人类沉重的叹息和发展的命运。

听听远处高原上隐约的人声

都沸腾着闹意，

那个打马驾车的人竟还是我的兄弟。

我来就是想要你把你那时怎样守在黑夜的边缘，

面对死亡极力节制的事告诉他们，

让散失在他们手中的希望再次返回。"

不觉在瞬间，宁静的天空中又覆盖着禹的声息：

"阳光中，我们无论如何也不能

企望从别人的愚蠢中获得丝毫益处，

比如穿上别人胜利的盔甲，

这算什么光荣。

其实百倍的艰辛，世界还是始终忍耐着，

真心等待着被辱者胜利的欢呼。"

禹的话语如风掠过尖尖的树梢，

贴着我撕心裂肺的胸膛，

鸟的歌唱也开始有了，

并充满了对光明的赞颂，
它那平静的飞翼不时抚慰着我困乏的心灵，
禹便盘腿坐下细细向我诉说。

疏勒河的流水溢上岸边从杂的小径

第二章　禹开始晚霞已逝中的诉说

那时，从远古的尽头，

漫天的雨开始落，

卷成残叶的黑云游动在无边无际的

黑色天空的帷幔之上，

撕裂成一道道银亮的闪电。

晚霞早已逝去，

没有歌，沉闷的雷声翻起僻静之处的虚空，

胜似一切无情寒霜的威力。

所有的一切都在分离，

暴风雨也一阵紧似一阵地频频来临，

并加倍猛抽大地的桅杆。

船已沉默，人们的生息之地已找寻不到，

寂静被黑暗之魔覆盖着。

在那些天然的森林里，

天使的歌声再也透不出宁静而神奇的魅力，

而雨就下得那么急，

黑水河谷，就是现在的禹水河谷，

宽阔的繁花开满了白花花的路径，

虚无缥缈的幻像之中，

所有飘洒的风姿都在落叶上摇晃，

所有绰约的姿容在被风吹了七天七夜之后，

已没有白昼的光明。

夜不停地向山旁，向一切飞掠，

鸟雀无枝可依，

都瞪着大大的灰黑的眼睛冷冷地飞翔。

万物不停地凋谢，

所有的人都被黑水的光环紧紧裹住，

最终的方向挂在死亡的深渊之壁上。

那时，所有的人都已无法停泊，

空阔的帆船上，

只有恶魔的风暴不断地袭来。

身边欢舞的丽影也不再隐没起伏，

连悲惨的歌声也如鱼群，

重新从绿渊的深处升起来。

水蛇在四处招摇，

我见它们的腹部都白花点点，

且从天黑到天黑，

风帮它们吹奏着刺耳的口哨。

孤鹿也被雨箭射穿，

酡红的血散发着松脂的味道。

在那个野狼跟踪而至的夜晚，

天鹅的叫声犹如败落的花朵。

雨越下越大，河面越涨越宽，

天越来越黑，

大地在遥远处消失了。

一只灰黑的秃鹫吞食尽最后一点光明，

它的阴影张开黑色的手臂如四散的波涛。

我那时被惊呆了，

从残颓的旧屋，我走出去，

看见雨不断地落于午夜。

河面的银亮消失，

只闪着些迟钝的光响。

一道道闪电划过天空，

照见了多少船儿被旋涡吞卷，

并突然向水底坠落，

只剩下粉碎的龙骨和桅杆泛着青液。

一时间，整个天地都在沸腾、澎湃、怒吼、咆哮，

冲起的浪花如纹章一样直上云顶。

我看到那些不禁痛心而问：

"为什么阳光那美丽的馈赠同白昼一起

在瞬间便被黑暗禁闭。"

我想从此世间便再没有细嫩的风

吹过飘飘的白杨树间了。

我继续向前，对着四溢的河川高声呼唤：

"谁投下的影子把阳光阻挡，

谁唱的极度蔑视的力量如此低微，

当自尊上升，贫贱便难以逃脱，

鲜红的血下，谁是通过那黑暗之门的最后一个。"

我知道从此火中剩下的安宁开始沉寂无声，

人们所说的那些，

正从黑暗中消失，

正在云层中出现，

群山全部倒退，

欢乐全部消沉，

夜深的角落里，没有一只火把独明。

我想花蕾深处独自醒着的又是谁呢，

那时的黑暗不断地涌来将我击伤，

我知道杂草开始生长，这是田野的寂寞；

梗茎开始腐烂，这是花朵的寂寞；

夜在烛光周围，这是暮色的寂寞。

第三章　光秃秃的河岸一只乌鸦在唱

那时，所有地方已不剩什么，

那个季节，狼烟已从城门上

升起一朵灰黑的花朵。

我仍不回头，只按我心中所应允的而行，

我暂时不去想多少人起于无源，

只是困顿地尽自己的全力朝前走，

在那远行的途中，再没有一片火花通明的森林。

我仍旧向前，

我突然听到黑夜中有一种歌声，

但我真不知该怎么办才好，

只能任阴郁的泪珠满含着无尽的忧伤扯断我的心弦，

我真想把残暴和往事一同埋掉，

让一把火重新引燃人们心中沉寂的光明。

但光秃秃的岸沿上的落花给我最残酷的明示，

沿着岩石及小径行走，

可爱的温热不会再从这里传出，

这使得人们对任何烦累的事物都不能安然接受，

我只能停靠在泥泞的草丛中，

看一条条蛇在血红的线踪中，

在黑暗与雨声的交杂中游动。

而在此时，真的河流已找寻不到，

疏勒河的流水溢上岸边丛杂的小径

岸边漂起的水花和落叶绞缠在一起，

竟开始鼓翼而飞了，

它为搏杀的风卷来，

在鹤喉的密集中，

竟横越而过，鼓翼而飞了，

我知道那是持续已久的千军万马的阴暗为风卷来。

但我已无法靠近，

我听见有人说："我是等待着的

为黑暗残害的人，

人所渴慕的脸孔我已没有。"

我抬头，我看见一只乌鸦在雨中高呼，

正对着更多更深的灵魂舞蹈，

从它模糊的藏匿之所，

我已辨出所有人世的浮华，

像蛇一样临近和转移。

只听他说："先前落霞间，

阳光在树叶间轻轻转动，

夜幕垂落，可见我的歌声赠予你的，

你施恩于万物另外的鸣啭，

天空的黑暗如繁花怒放，

请告诉我，坠于花丛燃成灰烬

你在寻找哪一个。

如今无常的浮沉，

只能让我唱阴影里曾经唱过的歌曲。"

我那时也同他一样，

觉得黄昏已伴着撕裂声渐渐靠近，

慢慢聚拢在森林黝黑的边缘，

从天空降落下来的灵魂，

在那满满的困境之中走向了悲伤的边缘。

我没有想到在这渺无人烟的地方，

居然能找到一个没有朋友的人做伴，

那时我想用自己的力量，

将人们重新聚在一起作为人们的归程，

离开那些黑浪的雨水和暗河里的水花。

想在潜心的劳动中赢得光明来维持生命，

让光明在无边无际的风雨中，

伸展得更加无穷无尽。

那时的那里，除了那只乌鸦，

还有许多鸟在高枝上停驻，

也有一些鸟滑落下来，

林中一些莫名的东西羁绊了它们的眼睛。

我见那只乌鸦也为此极度伤心。

它说："为什么在一生之中，

有些鸟始终不知道有比用嘴歌唱更美丽的，

就是翅膀的歌唱。"

我听后只能前行，

我还很清楚杀戮人心的人，

已在那边腾起欺压的怒气，

在战斗的帷幕下，

不管人们是否都抱怨我，

我仍要指着远处看不见的地方，

告诉他们那不是他们所行的道。

87

第四章　烛光中一只青鸟的诞生

那时四处都是波光粼粼，

在陆上，人们已无法行走，

我便想架座桥在烟雨蒙面的空中，

但木质的桥梁很快就会腐烂松散，

一个如花的细浪就能把它打得无影无踪，

这不是拯救人类和世界的方法，

它触及不到损坏我们的本质。

只有火才能将陆上的水驱赶掉，

使我们的家园重新回到我们手中，

并且会由我们自己把它修葺得更加美丽富饶，

在上面世代生养衍息、耕种收获。

我便想去一个遥远的地方，

找回那样的神火，燃起光明，

驱逐黑暗和无尽的邪恶，

把本该属于我们的东西抢回来。

正当我要离开

那条纵横交错连成一片的河时，

我突然看见河面上一点亮光划过了天空，

那只乌鸦渐渐变成了青色，

我便叫它青鸟，

它躺在青草地的河边，

顷刻间便开成了一朵鲜艳的花朵，

之后就在洪水泛滥的原野上空不住地盘旋，

他把剑像蕊一样藏在花心，

在他哀伤的眼畔，

花的光紧紧压着活跃的气氛，

他说，穿过黑云堆积的拱门，

他看见变黑的骨头静静躺在黑夜里，

像雨一样，在鲜红的血液里游动。

他带着所有的阳光往南走，

穿过砖石垒砌的夜幕，

像一片叶子摇动在冬天的风里。

那是一个阴雨的天气，

回旋的夜雨掩住了点点昏暗的星光，

随即火被驱散，

那只青鸟停在了一块石头上，像一盏灯一样。

我很担心他能展开他绿色的双臂吗，

万籁能否张开他的心胸，

在波动中燃烧起美丽的声息。

这时一个衣衫褴褛的盲者

倒在没有被洪水完全吞没的地上，

虽然他的面目满是污垢，

但他心中积存的永远的慈爱，

仍在拯救的过程中，使所有正直的人缄默无言。

青鸟就走上前问："那里还有人

没有逃离罪恶的水域吗？

为什么翎羽陨落的声音从远方传来。"

那年长的老人垂落的头没有抬起，

当一只斑鸠，一只雏鸽，

同样被人劈成两半，

一半对着一半地排列，

谁还相信先前那些为人奉行的道义，

那盲者指指远方的林子说：

"林子已空，夹雨的蝴蝶结的舞姿已逝。"

青鸟望过去，

果然有一片片风开始往下落，

已没有阳光在原野的上空翻飞，

所有的异象都已败落。

当他看见暴戾的光圈向下盘旋，

高过他膝盖的风暴刚刚沉落便又升起，

便问："阳光还能从黑暗中拔出节来吗？

这是春天了，三月的田野总要泛出青色，

渴念中，花及所有披红挂绿的房门会打开吗？

而阳光是不是也会再次充盈在世间，

不声不响就这样开始了呢？"

盲者答道："虽然或早或晚，

喜鹊的叫声如开花的声音响过一片麦田，

但还得用自己的手划身边的水，

你知道吗，洪水过后，

田野刚刚凋零，你便被显露出来了，

你可以攫取人灵魂深处

饰着百合花的青铜外衣，

但你必须去展示黑暗中重拨炉火的意义，

你看见那条路了吗，

就是那条冬天曾经走过的路途，

当萤火虫在林间窜来窜去，你就去，

虽然那些入睡的花朵都岿然不动，

走近一段距离，在绵软的草地上，

对着那片棕榈叶，把自己纯洁的心胸袒露无遗，

当你数到第一百片时，

你会感到颈上被深深地灼痛，

就像一道黑色的栅栏

突然降临到你身上，

你不要怕，

会有人努力采摘一些花朵赠送给你，

有个人就守在那里的边缘等着你，

那里一面面旗帜吹动的歌声犹如叶子。"

青鸟听后，从垂落的翅翼间探出头来，

那时田野的尽头，

只有一只狼孤零零地站在一边，

在变形和复原之间打着哈欠。

青鸟不由困惑，说：

"既然你知道花心的骨头

仍不是光亮的胸甲，

你为什么要远离，

怕花射穿你的骨髓吗？

既然洪水身穿白衣不停地飞来飞去，

你为什么不去把淡青的柴薪引燃，

那炉边火红的事情都被人忘却了吗？

难道没有别人燃起的烈火引导你，

你就只会沉默，

你是怕夜晚到来的感伤伴着幻梦的欢乐

毅然逼近你吗？

而我们是千万不该的呀。"

那老人听后凝望着青鸟颔首而笑，

他说："我们的血脉虽然曾经一脉相承，

但如今世上已没有人再去努力，

让最后的花朵及果实的诱惑远离人们。

只有一个叫禹的人在艰难的跋涉中，

在我们重赴前程时，负一种胜利的沉重，

你就去做他的仆人。"

那时，我就远远站在他的背后，

随风细心聆听他的话语，

这使我羞愧难当，

我想那只青鸟肯定在猜我是谁，

来自何方。

虽然我还不能从四周的人群中临近他们，

但那聱叟的话语还是坚固了我的内心，

他们的声音就像林中远望去分叉的火焰，

使我的心神如那只青鸟一样，

紧拢双翼，准备飞翔，

我不能让前行的路在我回望的途中，

在瞬间消失。

我觉得在顷刻间，温柔敦厚的心灵已然打开，

我看着青鸟随聱叟逝去了踪影

才慢慢转身离开。

第五章　水底的冷光

洪水冲来的襁褓无数，

水兽怪魔们狂喜异常，

因为它们最喜食那些孩童的心脏。

而在那时，它们有的在散着凉雾的急流上侧卧，

有的把黑色的手停下，

如凶恶的嗜血的舞者，

在它们近旁，狼的嗥叫撕破尸骨的皮囊，

不停在冷冷的四处喧响，

田野里那些青枝绿叶的事情，

也早已被吐雾成云的寒气吹残，

靠近一片褐色岩石的一条恶龙，

喧嚣了许久，

然后把狂风翼下的两只白鸽打落，

用沙哑的声音怒吼：

"我要把一切黑色的花朵

撒向人们的头顶，

让一切在暴力的侵犯之下，

都丧失在风雨交加的原野，

让怒气引得人们的怨恨随时而发，

让暴风雨在肆虐的水上舞动着双翼，

世间的人们啊，

你们终将看到晚霞如花，

都在脆落中日渐萎蔫，终将安息。"

那恶龙的声音未息，

狼、蛇和所有的爬虫都滚动起来，

而那时真的有许多可怕的力量

带着自己的阴影来到这里，

把一些辉煌灿烂的景象毁掉。

黑旗之下，人们的悲怆都碾成土和雪，

不留一丝丝的光耀之力，

每一个角落，寒风一次次地掠过，

雨中似乎再也升不起任何一种冷绝的回响。

恶龙看看他那散着云雾的尾巴，哈哈大笑，

他一挥手，就用一片片乌黑的云，

将风雨之中最后一点清澈的蓝天遮蔽，

而行将暴虐的命运在顷刻间

便像鹰隼一样俯冲下来。

但在天空的颜色由明而暗中，

恶龙也似乎突然感到了一种疼痛，

那是我与青鸟在远处的寂静之中，

涌出的一种灼灼暴涨的荣耀幻化的情致。

也许那恶龙从未想到，

雨下得那么大，在风声消尽的去处，

竟还有我们在颓残的四周抬起头来，

在用一种震撼内心的力量压制它。

恶龙回过头来，

看见一只蹲坐的狼正在剔着指甲，

便对着它狂吼："你的阴影

不是已经把人们心灵的火吹熄吗？

为什么仍有黎明的光照耀着

人世间的肉体和灵魂，

这是谁要背叛我。"

狼不由浑身哆哆嗦嗦转身出去。

恶龙又转脸向一条恶蟒问：

"花期曾几次而开了，

千万不要让人的血滴在上面，

否则洪水就要消失，

光就会透过微薄的云层展开，

我们一定要阻挡人们来到危崖之上

滴鲜红的血，要让那朵花枯萎，

怀着深深的恐惧转动。"

那黑蟒从众魔的背后闪出，

它浑身的冷光犹如一把刀逼人耳目，

它举了举双手，在它干瘪的笑纹上抹了一把，

把周身那用碎秸燃成的光亮毁灭，

他说："没有人敢来，

在那深渊之前，谁都害怕死亡的危险，

除非有人踏着自己的血走上一级级的台阶，

还要经受风吹雨打的痛苦。

况且那里有我们的兄弟看守，

谁敢来，艰难地深入刀刃的所在。

而且如果没有魔光的金盏和利剑，

谁也不会使他开放。

他不开放，那黎明的霞光将永远浮在空中，

洪水就永远不会消退，

到那时，我们可以尽享人类的尸骨。"

恶龙听后哈哈大笑，

端起酒杯，在空中旋了一阵，

喝下去道："我要把人的才智全部剥夺，

让他们过怯懦的生活，

让他们得到天堂和被拯救的渴望，

疏勒河的流水溢上岸边丛杂的小径

最终永远地冷却下去，

让他们怀着希望随欲望而生，

随邪恶而灭。

而原野上是否真的有一种新的力量诞生，

为什么我觉得总有一道光的声音远远传来。

一个天使的影子要在一只鸟的羽翼上

滴下透明的曙光。

去，你出去看看，

是谁在远处的林中散出这样一种光芒。"

在他说话的瞬间，

那巨蟒早已摇身变成一个少女的模样，

她那娇滴滴的声音真引人发笑，

不一会儿，

她便带着冰凉如峡谷的面孔

离开了黑水宫殿。

第六章　禹与瞽叟相遇

那时，所有的河水都涌到了岸上，
一路的泥泞伸展在我的脚下，
经过七天七夜的行程，
我已得知水的源头
在一块黑色岩石的背后，
那里的水势凶猛，黑石坚固，
没有人能靠近，
我用四处找寻来的坚硬木料造成一只巨舟，
却一次次被水击垮，
我便再次沿着河岸，
寻找更为坚硬的材料。
当我再次前行，
不知从何处冒出一个手持双刃的人，
我见他衣衫不整，
面容就像苦难之后落上了一层雪，
我便决定与他一同共赴苦难，
但我没想到他就是巨蟒的一个变化，
当我转身，他暗暗绕到我的背后，
猛击我的背部头部，
使我落入了魔鬼的囚牢。
在那牢底，每一个恶魔穿行而来，

声音都像一条花蛇吐着红红的舌头，
其中一个用粗俗的语调问我：
"你前进并不困倦，行走并不疲乏，
这是为什么？"
我对此厌恶不已，只想愤怒地唾弃，
我说："除了你们，还能有谁毁了我
美丽的家园，
你们把庄严的生命沉入一切浮生的梦中，
你们在黑夜掀起一阵阵罪恶的花纹，
为了存活和为了平安，
无论是谁，
都将把你们那层镀了金光的面颊击破。"
那时在岩层后面，
那些恶魔把我的肉钉在木板上，
然后用缩小的瞳孔紧紧盯住我，
我见他们的眼睛像钉头一样闪着光亮，
他们的影子像一面黑旗在虚无后面
悄悄行走，
他们所有的恶毒似乎注定要跟定了我，
直到耗尽我的最后一滴血。
我终于因为熬不住酷刑的拷打，
就在狱中的刑具上昏迷过去。
当九九八十一天已过，当我醒来，
谷岸的四周，
辉映的水花让我难以转侧，
它涌过来的重叠的纹章
还是将试图吞噬一切。
忽然，我听到有个声音在水面回响，
"精神的枷锁虽然在猎猎中，
紧靠着我们收拢的双翼，

但不要悲伤，不要等待，
你去青城山的崖壁上采摘来
那朵美丽的散着鲜红光彩的生命之花，
用它就可以避开风浪，
去堵住那罪恶的汹涌的水源。
那样就会使鲜艳的色彩开始炽热，
并将逐渐占据优势，
你的脸也将被早晨的阳光染成铜色。
而在此之前，
你要去铸就一座大鼎，
在那鼎中努力锻打出一把利剑，
才能走到那崖壁之上，
取得那朵新近丧失的花。
我这里有一只魔光的金盏，你拿去，
用它去引燃最初的火。"
虽然那时也有阳光不断地飘来，
但我仍蜷缩着倒在路的尽头，并直想呕吐，
血已是没了，地上尽是我满心的苦水，
我孤独异常，
我的悲也许只有在光明中才能愈合。
我再向前，见蓝色的雾气中有清幽的光闪烁，
我便回过身来，
原来是瞽叟脸色苍白，且喘着粗气，
正静静坐在那儿，
极力将我散乱的心念集定在一处。
虽然我的心荡然如初，
已不知要到哪里去，
但当瞽叟四周的云彩往上升，
我能感觉出他的不易，
我觉得我的枝来自他的根，

疏勒河的流水溢上岸边丛杂的小径

我的血来自他的源。

顿时，先前的歌声起了变化，

阻挡不住的力量在我返身的瞬间，

便又开始在风中翻飞。

而当强力的光越渐光艳，

我便绕着那些树朝瞽叟直行，

我知道他肯定有强烈的火种要交给我，

因为有一种仙灵的歌声来自他的身后，

并凝聚起所有的光华。

我问他：“往事在分离中，

飘得太自由了，

在你蕴含灿烂的心中，

一起一伏的你是否也得到了一种暗示？”

而在一时间，瞽叟的全身复又颤动，

在黑暗虚无缥缈的幻象中盘旋上升，

他的脸色呈现的变化告诉我，

不能抛弃我们以前曾经说过的，

世上最美的一切中，

将有人们丝微的荧荧烛火点缀着人间。

我知道这个老人如此不顾自己

去救助一个莫名的人，

为的是让美好的预言在瘟疫和罪孽中显现。

让令人注目的光彩在世上慢慢开放。

那时，他佝偻的身躯和前行的身影

形成强烈的对比，

使我的脚步更加沉重。

我翻转一下胳膊，让一面旗帜高高升起，

我听到风中传来一种声音，

穿透我直立的胸膛，

我看到远方有一朵浪花在河上开着，

他发出的红红的光映着我单薄的后背，

如一只长着彩斑的蝴蝶

在我的身前身后身左身右飞舞。

我把贴近绿叶本质的生命撕裂开，

我要在心底荡起一圈圈波纹，

不再让人们的灵魂在夜间蜷缩着行走。

我望望瞽叟，

我看见他那张脸早已

在仇敌的围绕和四散中张开满身的疲惫，

我知道他受了大苦乃是为了人们的平安，

人的存活也在于此。

他说他能存活下来，

乃是因为他所有的创伤，

还没有时间也还没有人能把它愈痊。

疏勒河的流水溢上岸边丛杂的小径

第七章　禹桑林铸金剑

秋深下去，我见不到有一片舟行在途中，
当黄昏还未降临，暗夜已然升起，
我便独自一人行走在泥泞的苦难中，
而前面的路途依旧遥远，
我捧着瞽叟送给我的金盏来到雨后的桑林，
我细细察看那金盏，
它发出的金色光芒一丝丝掠过
如一只耕耘的鸟不断开翕翅翼的光泽，
展示它尾翎的炫目，
这使得我觉得不管那个季节如何寒彻，
温暖人心的朝阳将在眼前渐渐清晰，
它散发的清香飘过草丛，
似有绿色的火势燃旺。
而在桑林沉静的湖中，在冥冥之色中，
似有一对洁白纯净的天鹅偎着身子
缓缓走着，
样子是那么肃雅和宁静，
就如辉煌的日暮时分的碧空中，
飘过两朵细巧的白云。
当我再次回头，我见瞽叟所说的那只青鸟
不知何时也已远远地跟在了我的身后，

这使得天水嵌合得更加美好，

这使得我的心扉顿时如蝴蝶般飞舞且敞开。

我站在高处纵目四望，

遥远的山川顿时都静静化成奇妙的家园，

我想在此之前，

那里的人都互相称作兄弟姐妹，

而现在呢？

我不敢想下去，

旁边青鸟的吟叹也让我不敢过长的停留，

我便架起木柴，燃起火焰，

想在大鼎之中铸造

一把闪着锐利之光的宝剑，

我用眼睛的余光看见那只青鸟还栖在树上，

我知道他在焦急地等待那火一样的时刻的到来，

我见他在跃跃欲试之后，

便低下双眸，

让沉默飘在枯草尖上回荡，

我对他说："你去林子的更深处，

找一些干燥的松枝来，

好用这绚丽的金盏点燃一种神圣美丽的火。

有了它，我们才能铸造自己的锐利的宝剑，

才能用它取得崖壁上那朵盛开的花朵，

才能把水击退。"

没等我说完，

那青鸟已在顷刻间离去。

在黑夜的天空中，他先是几次地飞去，

然后是几次地飞回，

叼回的松枝在短时间内，

便引燃了一堆不灭的圣火，

我停驻在那里，在沉昏中

疏勒河的流水溢上岸边丛杂的小径

敲打火焰如燧石一样，

那时青鸟不断地在我四周停靠或飞翔，

看我一天天不分昼夜地劳作，

看燃起的火焰一天比一天高涨，

当七七四十九天的风都吹走，

我看见火焰的红柱盘旋上升，

我知道有些什么

将在这堆火焰的灰烬中交付，

在一个没有任何光亮的夜深时分，

在融化的烟尘之后，

我见那犹如花苞的火焰的容颜中，

一柄金剑已颇具雏形。

那时我已气喘吁吁，汗流浃背，

手臂倒垂，头也抬不起来，

就像一只被割断了翅膀的鹰

我知道必须有血滴一点点往火里渗透，

那把宝剑才能最终成形，

可大地的浊气飞起无数碎片，

射入我的心胸，

它扑下来的姿势令人害怕，

那只青鸟见后不由心焦异常，

他用自己那充满信心和力量的歌喉，

不时唤醒我难耐的倦意，

"如今的街路上，落叶还是那样乱舞，

远远近近，人的残骸还在荒野的四周，

就已缩成鬼魅的样子，

消失在哀悼聚集的地方。

在这最关键的时候，

你要放下满心的诚信吗？

不死的帮凶现已绕过第十三棵梨树，

除了你，谁能忍耐住血流如注的四面突击，

再没有多少时间，

田野里尽是些逃亡的百姓，

我们必须去，

至少要用自己的欢乐和颂赞引导着他们，

像给湍急的山泉一股灵性，

让他们沿着美丽的声音前行，

不再东游西荡。"

那时确实是秋林已在季节边缘

荡去了所有的绿色，

冷漠地将所有如泪的枯叶顺卷而去，

不留一丝一毫的痕迹。

青鸟铿锵不断的话语使我猛然一惊

我见那只青鸟歌唱的嘴中淌满了血，

每一滴滴下去，

火苗都会在突然之间成倍高涨，

我的心也不禁随着它，一阵阵战栗闪烁，

我赶紧将四臂交缠，两心密合，

我似乎觉得有山冈蓦然从水面上升起来，

我发现有一颗血露晶莹着，

满是仁爱地透入自己的心胸。

那时火焰的声音渐渐平息了，

我倒在地上，微睁双眼，感到欣喜异常。

我看见有一把金剑的光芒穿过我，

照着所有深夜无眠的目光，

它飞或停在我的手上，

他就在那遍布荆棘的群山中，

用翅翼射出神圣的光芒，

用焕发的新的生机

逼近原先被光包裹的幻象。

疏勒河的流水溢上岸边丛杂的小径

我也不时随着它的歌声旋转，
我再次看到一切生命在运行初造中，
那么完整，不再磨灭。
虽然那时风儿仍是卷着几片落叶猛吹，
路也辨识不清，
但我已从中看到了一星半点的踪迹，
听到涉过岁月之河的那些熟悉的声音了。

第八章　陡峭的岩壁上一朵花的盛开

生命的结局，当遥远的往昔，
成为一片荒芜，
像黑暗堆积的灰烬
被风吹进黎明的炉火，
我有时间忍耐，却没有时间长久的悲哀。
我将从伤痕和羞辱中，
做好迎接自由和安宁的准备，
在异常温和宁静的季节中，
延续那显示一丝光明的事实的痕迹。
我灵魂深处曾有过的巨大的欢乐和希望，
终于胜过了内心的不安与痛苦。
在那些时日，我怀抱金剑，
去青城山寻找那朵美丽的鲜花，
虽然隔着河，船被迫一次次地停下，
虽然远处的景象模糊，
虽然流水的光芒连遭焚毁，
但大块的黑白之间，已夹有鲜艳的色彩，
我的心绪便随着长长的竹篙的划水声，
慢慢地向上游溯回。
我看那水浪翻滚，
分明是自己行将消逝的泪花。

青鸟也在船头不断眺望，

并不时用自己的牙齿啄整凌乱的羽毛，

当他看见一些呆滞的蜂蝶环绕着，

在远处的树丛中穿行，

他说："冬天即将走了，

悲伤也将结束，

你看，远远高处的坡面上

已现出黝黑的斑点，

那些在河流幽谷和树丛之中觅花的黄蜂

都将寻找到自己的自由，

将要到来的欢乐就如薄雾清风一样

飞散或飘开，

都将大大超出自己的料想。"

而那时我的心情依然沉重，

因为有洪水涌来，就像失控的野马，

在不断冲击河岸的边缘。

那一路行程的艰难就不用提了，

当我走到第七个七天的一半时，

我在沉静中睁开自己紧眯的双眼，

我对青鸟说："也许我们就要靠近

绝壁上的那朵花了，

否则谁会吹起这么清香的风，

使灵魂的邪恶坠落下去，并从大地上消除，

我想青春的光华和火热的欢笑将再次复返。"

那时果然有一道道光在残月之下，

在变幻莫测的黑夜中冲出苍黑的石崖。

分明之中，

有一朵雪莲花在倾斜的天空中，

虽然嫩小，却如天使的翅膀纯洁明亮。

而那时有一条恶龙的黑色面孔也露出了全部，

他舞动起来，在黑黑的天空中，
抖着他那双铁灰的爪子吞食人的尸骨。
在他周围，馥丽的馨香永远飘落下去，
死神穿过时光之影散落了一地，
在他所行的路途中，
有许多人发出哭求的声音，
并走着弯曲的道路。
突然那恶龙一张嘴，
喷出浓黑的烟雾道：
"你们衣食的来源早已被我断绝，
你们心中的荣辱在各自的媚态中升沉，
树冠凄惶，海崖凝滞，
过去的城邦已旋转在凄凄的风雨之中，
长久的生和长久的死已经分崩离析，
那些禁锢已久的苦难
也将要把你们铺展分割，
你们还是回去吧，
没有人能像你一样，
如鹰隼在路上盘旋、翱翔或直上云霄。"
当那恶龙的声音腾空而起，
我觉得脸侧的黑云渐渐冷却，
仿佛自己一个人走在白雪覆盖的原野，
罪恶与忧郁在幽静已逝的时刻
毫不掩蔽地从内心而来。
我抬头向净光的高处举目观望，
我不能弃绝我所依靠的，
我要所有行进的正直的东西都归我，
虽然我承认我的罪孽，
但我还不能轻易转身而去，
我要是离开，谁将赐福我们，

疏勒河的流水溢上岸边丛杂的小径

来安置我们的儿女，

放牧我们的羊群，

我抽出新铸的宝剑，指向那恶龙道：

"我不管你们歌唱的声音

怎样像狼嗥一样不堪入耳，

不管你们的喧嚣

在风雨交加中怎样不费什么工夫，

你们为何要无故掠过枯树尖上的云层，

将世间的温暖吹散，

让蚀穿的石孔中孳生而出的霉菌，

把潺潺流水的河道染成黑色，

你们使人们坠入粗鲁和苍茫之中，

要用利刃的种种经历

来证明谁的幸运与不幸吗？"

我见那恶龙用与我背道而驰的邪恶

将自己的全身覆盖，

当我高声呼喊除掉一切时，

他似乎并没有听见我的话，

仍旧盘卧在一块冰冷的黑石上，一动不动，

他手指的黑森森的洞口直指人的背部，

直待有人从他面前走过，

他才举刀砍杀，

他说："你们的腹内

我听到传来蠕虫的鸣叫，

四周之内，野狼开始游荡，

它雪白的牙齿已在黑夜

走遍了每一个角落，

被人们遗忘的鲜花也早已迷失了方向，

你回头看看你来时的路上，

虽然偶尔也有一两个走路的人，

他们只是提着灯笼，

他们的手上映满了血。"

我回头看看，在先前静静的小山的向阳处，

如今只有些阴暗的树林，

黑色的房屋像一块巨大的青石一样，

闪着褐色的光，

穿过去，四周都是狭小的街路，

我们未曾停留的幸福和悲伤

在路途上不停地继续流淌。

但我的决心丝毫没有动摇，

透过云遮雾绕的阻挡，

我仿佛看到如波的景致在舞动飞掠，

我望望恶龙，猛地一抬手，

我袖藏的那柄金剑闪着光芒直飞出去，

似一片灿烂的光明向黑色的岸沿猛击，

幻影转动，如巨鹰扑追鸟雀一样，

四周便开始回荡着

它坠入万丈深渊的垂死的哀叫。

疏勒河的流水溢上岸边丛杂的小径

第九章　无法靠近的罪恶之源

所有灰色的歌唱在那黑色渊薮中

零落了一地，

当白浪滔天的情景刚刚消逝，

我便冲了过去，

在狂风雷鸣中又狂奔了五天五夜，

才来到崖下，

那时，青鸟也将恶龙旁边的毒蛇的眼睛啄瞎

将他们像一根草绳一样摔在了地上。

我便与青鸟一起一步步前行，

并慢慢靠近那朵在崖面上

飞腾着紫气的绿纱围绕的入睡的花朵，

她头如石块，正在岩壁的唇下安睡，

她旁边的一条枷锁，一副镣铐

也在一旁渐趋凋敝。

我不由欣喜异常，

抬腿就要登上那第一级台阶，

青鸟也在一旁的枝杈上扬起了蓬勃的发丝。

而就在那不早不迟中，

我突然觉得自己的脚

用尽自己的全力竟不能将它抬起，

我的脸开始涨得通红，

我感到一种从未有过的茫然

袭上自己疲倦的心头，

本来稳操胜券的把握突然之间

竟开始变得漂浮，

幸好在恍惚之中，一个声音强烈地传来：

"用你的血，用你的血。"

那时我所有敞开的伤口向前，

有一种幻觉在向我急驰，

像浮云一样，靠近我的手，

我仿佛看见落霞间，

阳光在树叶的夹缝中轻轻转动，

把静穆的天空飘荡得

像经受了风暴的旌旗一样自由。

我看看远方，黄昏早已然退去，

那朵花孤独地坠在苍冷的雪线下面，

犹如一棵枯瘦的细草，

燃着最后的火焰，

我知道那是些闪烁着生命之光的亮点。

虽然枯黄的山道上，还绕着一些残烟；

虽然没有一道青灰的辙

飘起在暗淡的光晕中；

虽然那些显现在我面前的东西

比对着敌人的利刃和刺刀还要残酷；

虽然前面似乎没有路，

后面似乎也没有辙，

但我仍知道什么才是真正令人内心震颤的东西，

我知道我只能踏踏实实地行进，

走上岩顶，

那里才会有许多

为我所钟爱的东西预期而来。

疏勒河的流水溢上岸边丛杂的小径

我赶忙像一只羊那样，

屈下一条腿，跪在那里祈祷：

"我不是从此而过的闲人，

是命运赋予了我一种精神，

让我穿过浓雾的黑暗而来，

我宁愿赴身于一种荒旱和疫病，

被头上缠绕着的发出咝咝鸣叫的毒蛇咬中，

也要让鲜艳明亮的阳光

驾着光辉的云彩到来。"

突然间空气停止了转动，

远处镶着金边的卷瓣红花落下，

像鸟一样来来回回反反复复地飞翔。

当有一阵风飘过，

我用金剑剥开自己的手臂，

血流下来，

一滴滴如由根直接长出的硕大的果实。

我踏着自己的血和青鸟如泣的风歌，

一步步踏上了散着金光的陡崖。

当我登上路的尽头，

我再侧脸，

我看见一束投向背后的光芒，

他的颜色像战士脸上反射的万道金光，

他的形状像一架耸入云霄的梯子，

我登得越高，

他的美丽越是鲜亮。

他虽然并不是如鸽子般成群地飞来，

但他能停靠在离我最近的地方，

轻轻低低地走在我的心底，

然后落在我披着光彩的眼睛上，

燃成一盏神圣的明灯，

我知道那是一种爱在世界的中心显明。

虽然那时雨丝仍单调地不断零落，

但我手捧那朵从崖壁上采摘来的花，

站在新建的船头，

觉得希望像明朗的苍穹，

在人的憧憬中，就要展开爱的翅膀，

觉得温婉的夜晚、风和所有

最后俯下身来的情怀，

都要被这良辰的光环紧紧裹住，

且一阵阵散发着幽幽的花的清香。

我再看看站在桅杆上的那只青鸟，

他的厚实、淳朴、绿莹莹的鸣叫，

飞掠过原野、森林和行云多彩的光辉，

足以使我相信他的躯干

肯定能长出金色的翅翼

来清扫满身的尘埃和遍地的贫困。

我忽然想起他在启程时所问的，

在寒冷的日子里，

自己千百次的歌吟到底预示了什么，

他是如此靠近一块坚实的石头，

如将孤单的肉贴紧钢铁般的骨头，

他是如此凭着诚信和正直，

预备着往后的喜乐。

于是，我听见了他骨子里有一种歌唱的光芒

我对他说："如今，残留的光艳

掳走了许多珍宝和粮食，

邪恶也在悲愁呻吟中降灾，给人污秽，

但许多人却沉醉于满心枯萎的伤痕中，

躲向幽深的密林。

谁说人们永远被忧愁所罩，

没有一点理由。

今天，就让我们扯起风帆，拿起把桨，

让我们凝望在注视中将要出现的

灵魂所闪现的纯洁而真挚的光芒。

即使在危载中千百次地将我倾覆，

我们也不能回头。"

那时一阵风吹过我的肩头，

有相当一段距离，

在通往水源深处的道路上，

黯淡的光辉

从原本美丽迷人的天空中散下来，

他那阴影落下的地方，

岸沿的火都成了盲点，

血红的日出之水上，

尸骨翻着胸在冰间浮着，

我知道在我真正到达我的目标之前，

我还是要爱我所爱的，恨我所恨的。

而就在我一回头的那一瞬间，

我看见青鸟不知为何在一时间

低垂的睫毛似乎要合在他的倦眼之上，

洁白如翅的幸福顿时在贫寒中随光华丧尽。

我看看青鸟，看看下得正酣的雨说：

"青鸟，避开掩盖自己的雨水和倦意，

我们还要到远方去，

那边的黎明曾被黄昏多次击毁，

向前走，虽然遥远，

但那些负载美丽的星辰将会坠落于地，

你要坚持，你要从石的精神中

抽取最大的萌动，

最终，金色的小舟

将在闪光的绿草上飞翔。"

那时，我们所乘的船越行越快，

风吹裂了我的双手，

青鸟的羽毛也在乱涨，

河边所有的树都变得模糊。

突然有一片黑云飘过来，

把我乘坐的大船打了一个旋，

船随即向下漂去。

"不能退，青鸟，

拉开你的尾翎，张成一面辉煌灿烂的旗帜，

你看见了吗，

万恶之源的河眼就在前面奔涌，

既然我们已拼死力到了这种程度，

不管心力如何憔悴，

也要用剑为人取得天堂。"

我那时没有注意到青鸟的紫衫衣服上，

许多恶虫已经爬满，

一种痛苦使他难以忍受，

我赶忙倾尽四臂之力猛震一下，

我已不管应运而生的是洪水还是猛兽，

我只让手中的刀在血中走。

青鸟那时才被惊醒，回过身和神来，

他那时也已看到有那么多有毒的水蛇，

都远远近近散布在船的四周，

并在咬噬着巨大的船体，

他把自己渐渐转暖的手递给我，

一步步向我靠近，

我顿觉自己岩壁般的呼吸越涨越高，

注目中，一面旗帜的微弱呼吸

也似乎开始灼灼暴涨，

曾消隐而去的壮丽的音乐重又吹拂而来。

我猛地一扭桨，想掉转船的方向，

而一滴血却从我的臂膀上落下，

完全打碎了我等待已久的梦想。

星光流散，四野的欢畅凋敝了，

只有些微弱的光挟着风，

在水面上不停地飘落、徘徊、浮摇。

那一次我没能接近黑水之河的源头，

就被那波浪击退打翻。

我也不知自己被击落水后

竟昏迷了三天三夜，

冷丝丝的雨落在我枯草般的手中，

我也不知道。

远处迷烟的篝火再次熄灭，我也不知道。

等我醒来，我躺在一块舢板上极度悲怆，

我说："四周的黑暗

又要凄然地降到人们的脸上，

他留下的痕迹

又要一片片像晚霞一样地飘过。

我不是偏爱追求那些难以得到的东西，

本来春天的旋舞

已将心爱的歌唱得如奇葩初放，

可为什么又要使我失去我最不能失去的

来证明我还能战胜一切。"

那时鸟雀的哑叫也静了，

一片不是在秋天落去的叶子，

落在青鸟耳鬓残白的夜里，

白雪覆盖住所有属于人类的绿色森林，

灰黄色的暮色中，那淡淡的光辉，

一丝丝从我的眼睛中抽去。

在血脉丰盈的地方，
令人羞愧的黑夜又开始流动，
如飞翔的鸟儿坠落之后，
重又振翼高飞，
在被人遗弃的垃圾和吹奏的木管之间，
自由自在地飞翔。

疏勒河的流水溢上岸边丛杂的小径

第十章　禹独思的悲愁

我启程走在路边的林中，

我走得极为缓慢，

虽然我不断凭着我的永生起誓，

但为什么仍有那么多人，

要像从未长成的幼苗上摘果子一样，

常常来索取我的生命中的力量。

我不是恐惧别人的人，

这却令包括我在内的许多人恐惧，

这里虽然不是我生和长的地方，

却是我必死的所在，

我是否还有时间赶到别处。

我就这样捧着常被人看轻的破坏的器具行走，

那里面是否还盛着令人欢喜的真诚。

是谁把我和我的后裔

带到这人所不认识的地方，

这里平生得不到亨通的都遮蔽着自己。

我便往前走，沿途尽是死亡的悲号，

突然有一天，我看见一只蝴蝶

在夜幕来临时，

扇动着单弱而柔软的细腰向我飞来。

我不知道它来自何处，

它要找寻一些什么，

很明显的是它是一只带伤的蝴蝶，

夜深得让它辨不清方向，

但它却一直坚持着往前飞，

黑夜使它看不见前面那有碍飞行的杂物，

它一直认为路途永远明在前面，就像我一样。

我侧耳倾听，

那边仍有许多暗设的网络和绳索，

而又是受谁的气韵驱使，

仇敌就像急流的河水汹涌而来。

我知道我的罪孽是我的臂膀

不能拯救他们掩面的罪恶，

我担心人人都依靠虚妄生活，

无一人凭诚实辩白，

他们把蜘蛛所结的网当作衣服，

他们把毒蛇所生的蛋当作食物。

所有这些都像一条蛇让我抬不起头来，

他就是这样早早地深入我的内心，

让我绞痛，

而且他还要时时探出头来，

把头伸到孤独的夜的心里，

吸吮每一个人的血。

就在这时，一对丽人拿着些斑斑竹叶

来到我的面前，

并让所有流动的乌云

落入一片阳光的笼罩之中，

我见她们内心涌现的威力真是无穷无尽。

她们说："每一处创伤都标志着

你又向前走了一步，

虽然日子如沙，

疏勒河的流水溢上岸边丛杂的小径

你声调残弱的歌吟也越来越低，

但胜利的时刻就要来临。"

她们面对深渊，用那竹叶把光亮和黑暗分开，

但我似乎仍看不到最好的结局，

我问她们："我打马而过的途中，

我的身体已然凋残怎么办？"

说完我便凝望着那对金色翅膀的天使，

只见她们把无边的手伸向远方，

顿时一片从冰原雪地走来的无比善良清洁的心境

侵入了我的心田。

从那我才知道温暖和鼓励

在任何时候都令人心颤。

因此，我不能妄自诅咒，就地悲哀，

我将去收拾所有的罪过。

像一只鸟一样，啄开自己的伤口，

把血流出来给人看。

让人不再接受那种痛苦的煎熬，

让人不再在惶恐战栗中求告。

第十一章　禹制碣石　铁索镇妖魔

那时我只想在足够的苦的累积中

洞悉一切。

但那些日子里，却没有一个人走向我，

我看看那只青鸟，

他时时在路上停下来休息，

这使我很担心，

但我还是决定先去青邱之野，

剿除发自渊底的狂风，

以便去其恶浪的声威，

就是它们毁了我美丽的家园，

让人在退缩中经受稀奇的苦难。

当我走了八天七夜，

跨过了十九座高峰，

透过那一丝丝荧荧的光线，

我看到一片没有金色镶边的云翳飘到了我的面前，

从里面露出一个尖硕的头颅，

他直对着我们狂呼，

迎面吹着百年一度的陈腐。

他说："那些年时光开放的光华

已经散尽，

风吹枯叶，

那是我灰色的歌唱，

你们看，远近高低，

灰溜溜的树全没有树冠和树枝，

也没有一条小舟拴在河岸边缘的木桩上，

将熄的灯光将一步步趋向死亡之途。"

在他那些粗暴的诅咒中，

突然有三条黑龙旋转起来，一起乱舞，

像是一潭死水在着了魔的时刻，

到处吞噬着万物生灵。

我见那只栖在桅杆上的青鸟

如风中的一盏灯开始摇晃，

他所有眼睛的光彩

就要沉到冬天的水里，

旌旗都已后退，

他的羽翼在干涸的阴霾已尽时，

也开始脱落。

我赶紧用以往的勋业

压住四周发出的晦暗的声音，

我说："青鸟，你看到了吗？

远处光灿灿的门已经打开，

那里的世界将会异常多彩地充满光亮。"

我觉得青鸟对前途和光明的事

虽然还有些看不清，

但他却仍旧能像以前一样固定不动，

我再次抽出手臂紧握的利剑，

让他发出锐利的光芒，

然后我把它高高举起，

一直伸到天空的至深处，

使劲地搅动。

那恶魔真是不堪一击，

一下子就跌落在满目疮痍的地上，

逃到千里之外的野地里渐渐绝迹。

我突然一阵兴奋，

我知道那恶魔的完结将使许多人安静，

我看到青鸟那时从无休无止的沉默中抬起头来，

青春的火花在他的头发上闪烁。

当他忽然听到一种

与天地浑然一体的声音，

他便也开始在无限荒凉的原野里，

用如花的手臂弹奏起悦人的音乐，

如奇妙的芬芳盛开传出，

并及时迫入人的眼睛，

使人们挟着所有的梦幻开始前进。

但风却仍旧悲愁，

并围拢着黑夜的栅栏，

风中那些剩下的魔鬼

仍旧做着最近一次恶毒的冲击，

将以前我曾说过的灾祸降临到人们头上。

当我再次回头

我见到那些恶魔就在我的近处藏身，

他还是要用风扇动起虚假的意象来，

让人看不见外面平安的景象。

我也看到青鸟正藏在云间的高处，

窥视地上一切陈腐的动静，

虽然有惊人的大片的黑块落在了他的身上，

但他仍旧说："我不能停下，

自己停下，谁会代我飞升，

远处的洪水仍旧胡乱拼贴，

把褪去的颜色重又描绘，

伪善的路途会使许多人再次堕落。"

顷刻间他便来到我的眼前，

我便骑在他的背上飞临在黑水的上空，

我看见那个恶魔立在那里，

如一截枯干的木头倚着残垣，

他四尾摇摆的丑态翻起的巨浪，

就显现在行云的光彩之中，

他轻慢骄傲，狂怒不已。

我决心要把我满腔的怒气都浇到他的身上，

我决心要撕裂掉他的散着血腥的恶臭的皮囊，

我决心要毁灭他，

让他从这个世界上消除，

我知道即使短暂的悲伤忧愁，也不如握紧拳头，

满身慈悲，也不如带有威力的鞭子

更有力量。

如果我不去剿除那恶魔，

他肯定不会自己轻易死去，

我要用自己的力量在凛寒之中，

拖着那妖魔在难朽的道上，

快速地回旋，

我要亲眼看着他如灾祸渐渐死灭，

让他从哪里来就从原路返回去，

让坐落在他们肩头的永不停息的恶意坠落下去。

隔着那还未降到地上的雨和野地边际的草木，

我见那妖魔隐在淡蓝色的雾中，

飞在彻夜摇曳的尘埃之下。

我要对他的影子切割肢体的秘密，

耐心地从光里辨识。

我把深藏在我曲折的洞袖里的金剑

伴着重叠的欢乐猛地抽出，

斩向那四脚仆地的恶魔，

用四角回旋的方式

击打他那百年修成的人样的头骨。

但我仍见他裹起的黑袍上

那最初的落点升上了水面，

我不能再让他骨髓中渗透的恶性，

弄得人、云彩、流水、草蔓扭曲变形。

因此我再次握紧手中的金剑，

让它围住那恶魔不住地旋转，

我要用这种剑势斩杀他涌过来的威势，

我便与他一起向上或者向下，

经过三天三夜的拼杀，

我终于把那恶魔缚住，

捆在一块巨石上，

并锁上了一条屈伸自如的锁链，

以防备那恶魔用力挣脱。

当我见到他的四肢仍在不断地蠕动，

我还是怕他身上

那些陈腐恶毒的信条又一次醒来，

沾染了这世间的纯净，

就把一块碣石立在锁链之旁，

并刻上所有的诫命、法度和律例，

以压制他散发出来的邪恶的气息，

并著文以祝："去了一恶，

为什么万恶依然存在，

虽然人们都把花归在自己的名下，

而我却要始终接受一种痛苦的煎熬，

最后的结局呢，

宽广的胸怀

从不怕谁在惶恐战栗中求告。"

那时的洪水虽然仍在泛滥，

127

但已慢慢小了下来，
幸福的影子似乎就在前面的那条河上跳荡闪烁，
岸上的人群已开始稀稀疏疏地走来，
并围成圈欢舞歌唱，
已没有雨，及时的阳光落下来，
那是那般淋漓的阳光
那般浓厚的令人向往的阳光啊！

第十二章　凿河道　禹再次堵河眼

洪水的奔腾四溢，
源于没有一条固定的河道，
因此洪水过后，仍是遍地泥泞，云潮叠积，
而在那时，那只青鸟已在挥舞他的手臂，
他说："让我们凿出一条河道，
让那水流顺着它急速流下去，
好让所有人适时地
穿过那艰险的死生之门。"
在顷刻间，我见那只青鸟在乌云轻摇之中，
集中所有的心神化成了一只黄熊，
他将他的躯体游动在深深山谷的沟渠里，
用自己的身躯
努力开凿着一条巨大的水道。
河道四壁与他的身体相触相磨，
腾起的烟尘遮住了我的耳目，
我看不到他熟悉的面孔，
我听不到他熟悉的声音，
只见一块块的山岩砸落在他的身上，
我的泪不禁在眼侧转动。
不止一日，当那只青鸟凿完最后的一段河道，
我回望过去，

见洪水已不是遍地行走，呜咽咆哮，

那条深深的河道已成为它必经的路途，

而此时，那青鸟却倒在了乱石堆积的岸沿，

沿上开满了滴血的鲜花，

在向人诉说他灵魂深处

燃起的永生的目的。

我望着一泻而下的水流，

想从苦守过的那一些最远古的至诚中，

找出其中的像绿叶的那片，

送到他的身边，

补给他无穷的力量，温暖他的心灵。

可他已渐渐地蜷缩下去，

倒在了长垣杂乱的石丛中，

他说："虽然有一些美好的东西，

在短时间内也无法换回，

但那种黎明漫天朝霞的馨香

也算开始不再为人所弃了，

而等他们穿越了所有黑暗之后，

我们可以对着自己的灵魂

说我们毫不羞愧。"

听了他的话，我静静地耽于梦想之中，

我仿佛看见有一个人

就那样端着一口刀，

跑过战壕，在原野的尽头倒下去了。

一只蝴蝶，

是一只白色的蝴蝶随即从雨后飘来，

阳光很好，

天空也倒在了他舒展的身旁。

而在顷刻间，

在无穷无尽的缥缈的幻象中，

青鸟再次蜷缩下去，越来越小，
化成了一颗凝着人之精血的露珠，
他没有华丽无比虚伪的外表，
他的脚下是厚实的大地，
他是经过多少黑夜沉落之后
才焕发出的璀璨的一颗啊！
遥远的日子里，
即便我们把别人都忘了，
又哪能忘了他。
于是我便努力挣脱一种盲目的冲动，
再次向着河流的源头而去，
我要奋力靠近那河眼，将它堵住，
尽管我的财力依旧微薄，
我敢断定，所有的凋零，
肯定与他的大小沉浮有关。
一路上，我不断地向人立约，
我要用自己坚实的脚步
踏响内心的歌声，
可路上总有些黑色的轻舟
在行进的路途中深陷囹圄，
黑暗渐尽的背后，
一群群鸟还是停落下来，如老人的眼睛。
经过不止一日的艰辛跋涉，
我终于心怀沉重地到达了河的源头，
我看到在它的旁边和附近的野地，
洪水不断地推向四周并蔓延而去，
用他漫长的手臂在山谷和深涧之间，
把天地之间的灵魂全部撕碎，
我真的担心和忧虑，
想在以后的日子里，

疏勒河的流水溢上岸边丛杂的小径

还会不会有欢乐用自由的风轻送。

我再细看，有两块墓碑在河眼旁边相立而对，

紫红色的带有宝石装饰的手指

在它上面散摊着。

随着一阵阵烟雾的窜出，

有一条恶龙吐露着舌剑满处蠕动，

将温暖一丝丝抽尽在幽长的夜里，

我便举起左臂缠绕的金剑

直刺他细瘦的脖颈，

而那时他彩绘的面孔如弓，

在寂静的盖幕之下，

像一个破败者从狱中冲出来一样，

用黑暗的铁板挡住光明，

探寻着隐在无限黑暗中的秘密。

他是个面容狰狞的恶东西，

当他从天空横飞而过，

压迫住所有燃起的咒语，

我目击了长期的苦痛

带着窒息的气味而来的过程。

我不能再让他的躯体

散发出逼迫人心的重负，

我赶忙又举手朝他猛击数次，

他才丢下暮霭样的被岩石投下的影子，

一点点离开了人世。

顷刻间，一只透湿的红蝴蝶

如一朵花开在原野上，

树林凝僵的泥土开始松散。

我从我的怀中小心地拿出

那朵浸满我的汗水和血泪的花，

瞄准河眼的心脏，

对着这个威胁人们的死寂的洞穴，
毫不犹豫地用力将花塞了进去。
顿时洪水熄了，
风吹着我手臂上那些细小的绒毛，
我的灵魂是多么舒畅和清洁，
我却没有注意到洪水的巨大力量
又要将那花移开，
一股细小的水从一道缝隙中流淌出来，
犹如初绽的晕花。
那时我才记起瞽叟先前告诉我的，
要把我手中的宝剑同时插入那河眼，
才能固定住那花的位置，
才不至于让洪水再次将他冲走，
才能稳住湍急的河流，
因此我再一次努力将那花固定，
不让他随便移动，
但那道冲开的缝隙却仍未堵上，
没想到这倒成了一件好事，
因为唯有水才能滋养生存于世间的万类，
没有了它，
人们将无法繁衍生息。
那时原野的四周都含着
秋天古歌韵调的节拍，
袒露出所有的肥沃，
它上面所有的幻影纷呈，
所有的鸟都扇起翅膀，空出暖巢，
滋润过路之鸟的翎羽。
我似乎早就听人说过，
我本因酷似青春的生命才为人独钟。

疏勒河的流水溢上岸边丛杂的小径

第十三章　与禹最后的离别

无论晚潮带来多么绝望的呼号，

当柔和而又有熹微的星光

带着他的喧响出场，

禹诉说着他那段艰难的经历，

脸上显得更加平和慈祥。

他抬头望望远处，

风正随着熊熊的烈火摇曳，

旗帜正用蓝天的雪线与鸟相连，

远离一点，

虽然沉默和恐怖还笼罩着大地，

可心已开始像山谷一样能包容一切，

生命赋予人的东西已开始照亮人的灵魂，

我仿佛看见有人提着灯笼，

正在黑夜里找寻流散的人群，

从一个世界开始，

到另一个世界结束，

我想繁花似锦的天地将属于新的主人。

当我正在看一朵高出绿叶的紫色花朵，

禹已将一切话语收回，

透过那绿色的风帆，

我见到了他的容颜

从河面上徐徐上升的过程，

他说他先前艰难负重的经历，

将由我传给后世的人们。

说罢便踏着绯红色的祥云飞至半空，

并用一种渴望的某一部分安置住我，

我感到一切，包括喜悦，都静止不动，

连他那飞起的运动不息的力量，

都用燃烧标志出来，

我见星一样耀眼锐利的光芒徐徐上升，

围住他，快速地绕行，

他透射的力量

与我周围云翳围绕的爱相符，

最好的光线在情境的界限中，

令人深信不疑。

他又直行，

便隐去了血肉和灵魂的踪迹。

当他用周身欢乐的神圣

焕发出淡淡的平和的光芒时，

我认真倾听他那来自内心深处的原意，

我知道了有些人的内心

仍在万物俱灭的深渊里转动，

如果人们脸上染有的羞愧的幻晕真的要离去，

我甘愿忍受翅膀断裂的痛苦。

在狂风怒涛般的黑暗中，

我望着渐去渐远的禹，

感觉不到痛苦的纺锤放出的细线归于那里，

为人眷恋的花朵

将从何处转入光芒背后，不停地闪烁。

突然一阵昏沉蒙住了我回旋的心灵，

我见禹在远处半隐半现的云旁，

135

疏勒河的流水溢上岸边丛杂的小径

他亲切的面容越远，
我越是不停地因他的到来而欢喜，
因他的离去而忧惧。
我不知他要走向何方，
他是从欢乐走向欢乐的，
他有宁静和美打动我，
使我以往那些无端的狂喜一去不返。
随着他的远去，
我抬头只见有一只夜半的黑鸟
正绕开翅膀飞行，
盘旋盈溢于空际的树林，
一会儿，禹那狭长而瘦弱的脸膛
就在原野的背后掩藏起来。
虽然他的远去不时沉落着我的歌唱，
但我知道哀伤并不是他带给我的，
他说："那些夜已经结束，
这一夜是再生的夜，
蛇会再次向人靠近，
即便冷冷的屋内，
只剩下你一个人，
你也要坚持下来，
收拾过去的罪孽。"
其实整整几个春秋，
我仍不知什么在成长，
什么在衰败，
为什么太阳已经升起，
可寒冷却要过一会儿才能离开。
我知道我也不能停留，
我便背上一朵花踏上了遥遥的征途。

第十四章　坐在林间独自哀愁

我真的听到所有的歌声都来自地下，

那是比天籁更纯更深厚的声音，

它是穿过我的耳鼓，

直扑我内心之巅的那面旗帜的。

我听到那旗帜也在歌唱，

他招引我无论什么时候都要回头，

背对着黑暗向着白昼飞奔，

但我直到现在仍不明白，

谁是既身离黑暗，

又不为血光所伤的人呢？

我便抬头，

当我抬头，

我见仇敌个个如大鹰飞起，

都展开翅膀攻击被光明占据的障垒。

当所有的一切都将毁灭，

谁会像我一样内心感到疼痛，

如临产的妇人。

我看见有火焰带着灾祸要飘向人的头顶，

可我的后嗣呢？

现在在我以前住过的城邑里，

究竟还有没有我的后嗣？

疏勒河的流水溢上岸边丛杂的小径

我看见我的众子将被掳去，
我的众女也将被掳去，
是谁要人在收聚逃民中，
却不让自己前行。
迷失的羊群转到了山上，
所有的结局应该是打碎了所有的屈辱，
使坚定的更加坚定。
因此我在一时间，
还是听到了大钟被毁弃的声音
从地下发出，
那不是所有的喧嚣能灭绝的东西，
也不是劳碌之后的虚空所能产生的。
我又看见一条蛇仍要像鞭一样
击打在所有人的背上，
让忍耐到底的人却为众人所憎恶，
让那些有些许生气的人都带着毒液来到世间。
直到如今，
我将怎样像吹灭将残的灯火一样，
让街路上的人再也听不到
他们呲呲的声响了呢，
我因此呼唤那面年轻的旗帜。
我便一直向前，
即使我无处避难，
我仍旧会向着一面旗帜前进，
我看见他像一面巨大的手掌
搅动着四野的黑暗，
让隔在远处的人们再次成为兄弟，
让嫩枝流溢的是生生不息的成长。
但邪恶的暴雨却不时射来，
我想能在以夜为昼的瞬间抵得住的，

不是蝮蛇的舌头，

仍是骨头，

骨头凝成旗杆，

血肉凝成旗面。

当所有的邪恶再一次

围绕着这鲜红的旗帜，

我知道旗帜的责任是翅膀的责任，

我要让所有的公义都归向他，

让人不再称顽愚的人为高明，

称吝啬的人为大方，

你要用先前那慷慨的声音告诉他们，

只有正路，人才能行在中间。

因此我见到了我心中的疑虑

像三个圈环相随并旋转，

从这里我可以看到

谁将深入到一种更深的心灵，

取得幸福的根源，开出繁盛的花朵。

我向上仰望，向下观望，

都将怀着无比的热忱，

我辨识他们，

我的心灵便向着一个黑色的城堡飞奔。

我见到那里，一个红头苍蝇披着漂亮的麻纱，

从沾湿的大腿上一点点越过去，

有那么多大红大白的店幌子，

在小酒店的门前开得正旺，

青苔在镍币的转动中爬满了人的身体。

在这样的夜晚，

人的影子因拒绝了假面，

而变得比我想象的更加丑陋。

这不由我不忧郁，

疏勒河的流水溢上岸边丛杂的小径

而在一片火红中，
我的灵魂不时涨起，又不时退去，
像潮水一样染遍远处那幸福的生活。

1995年的旧作：

沉入水底或浮

出水面的城市

沉入水底或浮出水面的城市

当生命看来已把我们带向正常的死亡时，我们仍希望
生存下去并创造，你们喝下去吧，这是我的血。

开　始　曲

（灵魂：完整的意象）

　　将一切可憎之物尽都除去，将所毁弃的都抛在城外，我知道我也只能把自己当作柴火烧了，才能将那些破败的景象焚毁，才能再绕着城墙的破坏之处回到原处。交给遣你们来的那人，我本能地站在本该属于自己的地方，守住内外相通的门，为什么我能听到的所有歌唱几乎都是哀号的歌曲。而当一条燃烧的河流像黑夜一样降临到这世间并毁灭了这个城市，打破了这个城市里面的人的脸上和店铺里的所有器具，剩下的，凡是还没有脱离刀剑的，就将它留给我。而我还是不清楚与我们一同来的人，是否就是被掳回的人呢？既然他们定了我的罪，如果他们中间有人要打我的背，我就任凭他打，黑夜和光明在我看来都是一样，黑夜必遮蔽住我，我周围的亮光也必成黑夜，当我无处避难，谁会左右眷顾我的存在。

143

疏勒河的流水溢上岸边丛杂的小径

第一幕

人物：流浪者
　　　　迷路的孩子
　　　　疯子
时间：下午
地点：站台

（一列列火车呼啸而过，流浪者上。）

流浪者：站在城市的边缘，
我不能静下心来，
先前我所收割的希望都已飞走了，
就如一只孤鸟鼓起双翼离开大地一样，
连往日里曾穿越树丛小径的歌唱，
也在黑夜的风雨中，
如枯黄的落叶一片片飘落。
我已不知我行进的路途中，
能不能在将来找到我走失的两个女儿，
我只是依旧一步步向前走着寻找，
希望在我的流落中，
在逃离的人群中找到她们，
但看看四周，所有的温文尔雅
不知都流向了何方，

城市的好风光也此去彼来地涌来又远离，

已不会再给谁留下最后一丝灵魂的光芒。

（流浪者想到此，便不由自主地悲叹，他抬头望望远处，并让自
己的目光直至逝于林木避天的路径，他看见一朵朵花在人的掌心
里竞相开放，并且在人看不见的时候化成影子，像一朵云浮在大
地的上空慢慢行走。）

如果美的东西不用掩盖就呈现给人，

让人的心底平得就像没有丘壑的大地，

没有一条路是迷失的路。

我一路不停地流浪着而来，

没有限制地接近那闪现过来的一座座城市。

现在想起来那些日子真是艰难，

我那苟延残喘的呼吸也要破碎，

但一路的欢欣远胜过我的劳累。

迷路的孩子：首先我要开始无奈地歌唱，

开始独自面对世间的变幻，

你看，本来这是一条银白的河流，

为什么从现在开始淤积黑暗。

我在其中行走，

我已看不出还有什么花即将开放，

还有什么样的旗帜开始飘动，

我沿着与那一条条铁轨相反的道路继续前行，

漆黑的夜晚将要饱满地到来，

犹如房前的粮仓。

那么，我想我还能拥有什么，

我们站在这人来人往的站台上，

我们不知为何就这样迷失了方向，

还会有人策马而来，

引导我们，与我们相依为命吗？

我们曾想到绕开这座阴暗的城市，

但是，另外的那些城堡以更凌厉的气势，

挡住了我们的去路，

是谁要从我们曾经经过的城堡里，

抽出双手无情地击打我们。

（迷路的孩子的内心独白：黑夜的影子就要像水一样流淌，我们有时看不见它，并不是它消失了踪迹，它与黑夜裸露的全身深深地融合，我们就要转到它的面前与它对峙。此时站台上只剩下了流浪者，这些孩子不由有些奇怪。）

迷路的孩子：你是谁？你从哪里来？

你和我们一样也在这个城市里

迷失了方向了吗？

城市之中的众多野兽已将黎明和黑夜

缝合在一起，

连四野之内也是到处充满了寒冷，

你也在黑暗里无声地哭泣过吗？

在如今的这个城市里

已没有明净的轩窗可透，

没有银白的月光照射，

我掠过黄昏中许多人的脸，

见倒退下去的喧嚣

重又从人的身旁升起来，

一只只鸟在人站住的时候，

无力地将翅膀垂下，

此时我还能在心灵深处向谁求告，

求他侧耳倾听我恩求的声音。

而你是守候在黑夜的人吗，

是不是你将要把手伸出按在我的手上，

前前后后地环绕着我。

流浪者：我本是一名普通的农夫，

我的女儿突然有一天离开了自己的家园，

我担心她会在恶魔的洞穴里，

被摧残得像灰烬一样浮在空中

我便要走遍所有的城市，

找回她及其散失的正直的心灵。

要不我们就一起走吧，

也好让我们彼此有个照应，

或者干脆就组成一个合唱队，

我们用自己的劳动来养活我们自己，

否则在以后的路途中，

我们将遭遇更大的苦难。

在现实的世界上，

多数人已似乎开始变得漠然，

人们在心灵的隔离中越离越远，

越来越陌生，

能透入人心的事情已经很少了，

能令人感动的事就更少了。

你们看那一只高如飞鹰的鸽子，

黑云织成死亡的罗网飞至她的脚下，

她已不能借着风用翅膀快飞了，

那些恨她的人和她的仇敌

暂时都要比她强盛。

迷路的孩子： 你说得很有道理，

凡下到尘土中不能存活的，

就要先丢掉别的东西，

想出别样的方式存活，

可以就像你所说的，

我们组成一个合唱队，

这可以使我们在饥饿和寒冷中生存下去，

又可以用我们的歌声

引导那些阴影里的亮点。

（此时一个疯子从一节破车厢里钻出来，嘴里唱着一支奇怪的歌曲。）

疯子： 对于柏油路上的一只蚂蚁，

用一根细长的树枝去拨动它的触须，

表示自己的勇猛和无所畏惧，

这种对弱小东西的支配，

是最舒服的一种心理。

没有更多的蚂蚁想代替它，

因此它成了我手底下

第一只死去的蚂蚁。

第二幕

人物：布道者

　　　　流浪者

　　　　合唱队

地点：城市的街上

时间：傍晚

（流浪者及迷路的孩子组成的合唱队上）

流浪者：从傍晚的某一个角度，

我看见一只游动的黑鸟

离开影子的隐秘处，

极其细微地盘旋在城市的上空，

没有阳光，是谁躺在林间的草地上默示。

我见到风前那枯黄的落叶

一片片垂落下来，覆盖了他，

我见他在歌唱什么，

却又听不到他的声音，

他用重返我心灵的魅力引导我前去，

这是我始料不及的。

但拂去尘沙，我看见满街的泥土燃起来了，

从我的眼里燃到我的心里，

许是连它也将我看作

疏勒河的流水溢上岸边丛杂的小径

这个城市里多余的剩余之物，

因此，我在这个城市里行走，

竟不像以前一样可以来回地奔突。

而花是开给谁看呢？

暴虐的人都已掠过去了，

我是唯一为正义欢呼的还未被掳走的囚徒。

我已不指望找回安全的保障，

但我的心绪没有断绝，

我知道拯救群羊的办法

不是靠牧羊人的守护。

我不怕流离，不怕众多的扰攘和喧嚣，

即使花丛深处有过多的枯叶，

但真的花朵在毁灭之后必然重新绽放。

合唱队：我见那街上的各种景象

都大大小小地神妙地组合，

它就像迸射的一批水花，

在向着一个固定的圈点聚集，

我因此见到了我们心中疑虑的思想

就像三个圈环相随并旋转，

绕着使我们终夜不能安宁的爱意。

从这里，我可以看出

谁将深入街路上的那些心灵，

从中取得幸福的根源，开出繁盛的花朵。

我因此要在沉默无语和微笑聚合中保持住平衡，

人的欲望我虽然看不到，

我却听到了人们所说的那令人目眩的圈点，

正在向外流注着什么。

(话外音：是否人们只有在面临深渊时，才得知精神和睿智还能帮我们做些什么，但我们还能在白色的沙滩上，插三根灰色的树枝来筑造自己的巢穴吗？)

（布道者上）

流浪者：你是谁？

在这个城市，能穿过一道道哀鸿的鸣叫，

跟踪而至的只有那只灰面的狼。

看你的穿戴，

你既不是赌徒，也不是嫖客，

你来这个是非之地干什么？

布道者：当夜晚像一片片树叶

从高处落遍了这个城市，

似乎仍有一大批紧走的狼和虫豸，

在城里奔突。

它们行走的声音

不时紧敲着我的家门，

是否它们要把手伸向无论谁的家里，

抓伤人的面皮，吞食人的脊背，

把人撕成一条条垂落下来的影子。

我要去试着劝谏他们，

我不能让本该有的旗帜，

淹没在某种邪恶的情绪里。

不论这个黑夜的城堡

怎样用披满黑纱的身躯迎接我，

不论我的耳朵是否会被城市的利器击伤，

不论街道两边的路灯怎样像两排白牙

临在人的头上拼命地撕，

黑色城堡里将传出黎明的第一声歌唱，

压住被镍币切割碎的声音，

就像树根要扒住泥土那样迫切。

（城市景象的描述：在城市的街上行走的人，都压低了帽子，戴
着黑眼罩，就像在一扇门上，装上了暗锁，远远近近的霓虹灯掩
不住从饭店酒馆里传出的喧嚣的声浪，窗户却紧紧闭着，一个身

疏勒河的流水溢上岸边丛杂的小径

穿旗袍的女人的身影，被一种刺目的目光投在了窗纸上，窗纸已不是先前的那种窗纸，那是一层伪装的饰物，所有人都在灯光里闭着眼睛，在灯灭时瞪起眼睛，看见自己的钱袋渐渐瘪去。）

流浪者：这些都是最近发生的事，

你看那名牌轿车来来往往，

在车里，

有人习惯吻一个女孩的大腿根部，

青苔爬满他们的身体，

小鸟依人，在镍币的转动中

成为神话。

直至今日，我还未发现有一只麻雀

只吃虫子，不吃粮食。

当我再次回头，见那酒店里，

一个个硕大的老鼠小心地

把一滴滴美酒，一粒粒粮食

吞进肚中，

又在墙角处迅速折回，

变成人的样子。

我却不懂得温柔和饱食是何感觉，

我慢慢咽下两个窝头，

再一点点喝尽那破碗里的凉水，

我看见连一只蚊子也在暗夜里伤心，

我想我把自己摧残

比被一个社会摧残要高尚得多。

（歌声开始从各个酒店和旅馆里传出。）

布道者：歌声最美的那个，

往往不是面容最美的那个。

她要把原本最美丽的那首歌，

盖在一件黑衣的下面，

她为什么不敢唱我心中最想歌唱的。

我本是想靠着那歌声行走的，
但那歌声还没传到远处
就没有了回音。
那墙上贴满了治各种病的广告，
以及一些虚幻的画像，
只有它们伴我前行。
如今就让我们向前吧，
就像一只纯洁的鸽子，
紧拢双翼，准备飞翔。
让我们的话语散成光芒飞离地面，
排列在黑夜的天空中，
在白昼从枝头上显露出来之前，
乞求黎明温暖的赐福，
滋生更多的生命。

疏勒河的流水溢上岸边丛杂的小径

第三幕

人物：布道者

流浪者

合唱队

侍者

女侍者

客人一

客人二

客人三

时间：晚上七点

地点：酒店的门口

（合唱队的声音从外面传入酒店，流浪者及布道者先后入场。）

合唱队：在这个城市，

除了困倦和睡意，

我们所经行的商店，

还能兜售些什么。

所有的人都把身子扭在某个阴暗的角落里，

微微的光照得他们的脸

泛着青幽幽的颜色。

在某一个酒店里约会非常隐秘，

所有玫瑰野性十足，

在这个晚上，

她们一起盛开一起凋敝，

采蜜，对花来说，

是一件最为残酷的事情，

我见那里的落红蔫了一地。

所有的一切在有人引导她们之前，

就已经开始碎，

碎得没有了什么意义。

也有声音怒吼着直竖起来，

随即依旧没有回声地快速落下去。

侍者：看看门前的标志，

我们谢绝接待衣冠不整者，

你们的穿戴不用说进入这样级别的酒店，

就是小小的地摊也会赶走你们。

流浪者：为什么要赶我们走？

难道仅仅因为我们穿戴的外表，

我们带着满心的良善而来，

我们要来拯救你们已渐渐变得麻木和邪恶的心灵。

侍者：去去去，你去拯救你们自己吧。

伪善、凶残和贪婪的事，

我比你们见得要多，

正义的衣裳下面藏着险恶的灵魂，

比如一只披着嫩绿颜色的虫子

在咬噬一颗麦粒，

吃掉麦粒，饿死那只虫子，

便是你们唯一的做法和理由。

你们不用白费力气了，

骨骼像树枝都在瞬间断裂了，

你们伸出一只手揭起那层伤疤，

又有什么用。

多个面孔叠加把肋骨压碎，

这已是很自然的事。

布道者：我是从街前随便就来到你们这个酒店的，

我见里面的所有目光

都空空地刺向我。

但醉意、艳情却塞满其中，

他们可以拿取里面的酒杯

还有放着叉子的盘子，

可以在任意一个姑娘的怀里睡去

这些都是我先前始料不及的，

它将在以后的日子里不断返回我的心灵。

我与你隔的这段距离，

至少说明你的心中也有一只狼

在舔舐你滴血的心灵。

这使得这个夜晚的宁静更加恐怖，

你的灵魂就是那只死命的狼，

它猛扑过来，使所有的良善在瞬间收缩，

又在瞬间倒塌，

是谁让你在剔除自己的血肉中得到欢心。

最高的山峰像阳光一样散开，

并布满了前行的道路，

在群巅之上，疼痛并不是致命的创伤。

（女侍者上）

女侍者：开门！

都死到哪儿去了？

你在跟谁说话？

你没看见客人来了吗？

你们这些臭男人还不是吃的我们女人的饭。开门！

（客人一上，踢了侍者一脚。）

客人一：我在进入酒店喝醉之前，

还能正儿八经和你们说几句，
我要在小姐面前开始唱歌，
你们要好好地把我们接进来，
好好地把我们送出去，
否则你们就要丢掉你们的工作，
就要受冻、挨饿、缺衣少穿。
你看这个小姐美丽得多么像一只蝴蝶，
待一会儿，你透过阴暗的光线，
你会看见我们的裸体在其中闪烁跳跃，
不要管我们灵魂的光泽怎样与这些相反，
灵魂只有在这时候才裸露出来，
现它本来的面目，
而且它总与黑夜交错在一起，
像两个身体的交错。

客人二：其实这是一种幸运，
关于物质，包括一只残缺的手臂，
给我们的影响是巨大的。
在城市的一个死角，
我们听到的音乐就像一只断腿的椅子，
所有的声音都来自一枚镍币的旋转，
所有的耳朵都在静候这种声音，
此时的阳光便是多余的，
人像鱼都潜在水底呼吸。
而遥远的往事，
都是些关于物质和非物质的断想。

客人三：你看远处那个玩刀的人
曾是我的弟弟，
我记得他在一个精神病院里使劲地唱歌的时候，
曾瞪大了奇怪的眼睛看所有的人，
所有的人也瞪大了奇怪的眼睛看他，

疏勒河的流水溢上岸边丛杂的小径

那么，我来问，你们又是谁？

来自何方？

是来干什么的？

布道者：我是布道者，

那是流浪者和他带的合唱队，

我们抵住人们带来的无妄的欢腾，

拂去尘沙，迂回地向前，

但你们的话语就像满街的尘土，

蒙住了我的双眼，

许是我成了不合时宜的可憎之物，

从你那石头一样的表情中，

我看出那些丰收的景象已渐渐败落。

客人三：天会变亮，也会变暗，

在这其中，该严整的严整，

该散漫的散漫，

路也分明地分成两条，

通向各自的远方。

在风雨的地上，

有人会仔细地拣拾一片片落红来葬，

也有人喜欢听紧捏在手中的纸币的回响。

你们不必用你们的手来引导我们，

当四周的黑暗替代了光亮

遮蔽了这个世界，

你们的努力是徒劳的。

流浪者：是吗？

客人二：不信？

我们可以打个赌，

每个房间里的客人都是我的朋友，

他们整天这样也觉得没有什么新意，

我去跟他们说好，

你们可以进入他们的房间，

去游说他们，

如果他们因为你们的劝说而改变了自己，

我就放弃一切，

跟着你们去四处布道。

客人一： 你舍得吗？你敢吗？

客人二： 怎么不敢。

布道者： 好！

疏勒河的流水溢上岸边丛杂的小径

第四幕

人物：流浪者

布道者

醉汉

歌手

时间：晚上七点二刻

地点：酒店的大堂

（流浪者、布道者、合唱队首先来到酒店的大堂，见人们正以各样的姿势站立着，落入他们眼中的一切都背朝着明亮的灯光，隐在暗处。）

醉汉：这个房间里的光线

为什么突然之间就拐向了一边，

它发出的光虽然多达万道，

但引起的狂躁也已然是万道，

有谁会在其中认清别人和自己，

这使我们对任何鲜血和捆绑的绳子，

产生了虚妄的猜想。

自从我来到这个地方，

尘俗的观念就在加强，

我们最后找回的自身

就是一个遁世者淡忘的形象，

我没有想到我迎着小鸟的鸣叫

和繁花的红艳，

一路没有停歇地来到这里，

所能接近的就是罪恶的源泉。

歌手：你在这里喝酒，

不要去管一些别人的事情，

也不要去多说一些什么，

以便让每个人都能有一种难得的心境

在这儿聊天、饮酒、吃饭，

并用那支草茎迸射的闪电

编织虚妄的花环。

醉汉：光和暗分开了，

我就将我的影子分为左右，

空中的鸟和地上的行动各样的活物，

都要将一切有核的果子

据为己有，作为食物，

也已没有一个女孩还能用双手

紧紧护住自己冰冷的胸脯，

这让我觉得四处寒风似沙。

那城市里灰蒙蒙的空中，

钢筋水泥错动的声响

折磨得我的骨节也不断响动，

我有种预感，

用手培育一棵母苗，

根的上空，

将有光的声音紧紧抓住死亡的鬃毛

走向远途。

你们没有看见吗？

来到这个酒店的路上，

街边路角的灯都被粗暴地撕碎了，

中国多民族文学丛书

162

光线虽然依旧宁静，

却都陷入了一种毫无秩序之中，

并开始混杂在一起，闪烁着暗淡的光亮，

紊乱之中，

酒店的小桌子、冒烟的烟卷、酒杯、瓶子，

还有装有水果的高脚盘子，

贪婪而肮脏的黑手，

都在街里街外显露无遗。

歌手：你的声音就像果实落在了地上

砸断了根，

你看你的躯体立在那儿，

就如一截枯干的木头倚着半截残垣，

你还是喝你的酒吧。

（流浪者寻遍了整个大堂，并没有发现有自己女儿的身影，他转过脸对着那个歌手。）

流浪者：你对前途和光明的事

看法还不如那个喝醉酒的人，

他的话就像一声声粗壮的号角，

隐隐透入我一度干瘪的心。

这个时节，

为人们平日里所忽视的阳光，

它已渐渐拉下黑色的纱帘，

在城市的人群里游动，

这多么令人担心和恐惧。

旷野里的风的巨爪在空中已舞动起来，

眼前的路只是一条逃避的路，

拥有巨额财富又有什么用。

合唱队：我们穿过一座座城市，

在这个堡垒的深处，

我们寻找我们所要的，

我知道飞鸟必来吃我的肉，
你们还要把我们这些孩子捆在柱子上
当作食物吗？
把天使的翅翼存在人的心里，
让所有美好的预言
在瘟疫和流血的事件中显现，
让那面高高升起的旗帜的光彩
在人们直立的胸中传开。

布道者：在这黑黑的城堡之内，
作为一名歌手，
唱就唱一些真实的歌谣，
千万不要像一尾鱼，
只是站在舞台上左右摇摆。
你看，那些赤红如充血的灯光，
会很快越过真实的门
掩盖你的生命的本质，
或许可以唱一些自己的歌给自己听，
这样会更好。
把双脚紧踏住大地，
唱出那份坚守的努力，
其实比诉说一种悲伤的心境，
更为重要和动听。

歌手：我的家不在这个城市，
我只能拉下自己真实的影子，
在虚无中与人比较长短，
我自己不是不知道时至今日，
为什么所有的都已敞开，
而我却更加孤独。
转视我的身后，
暗淡的光轮中，

有我看不见的阴暗的河道，

这让我更不能去真实地辨别方向。

在混沌的尘埃里，

那一串串的血线和虚妄的绳子，

还有攫取的目光，

让我常常想起自己那穿林而过的命运。

但我却不能轻易就改变自己，

虽然悲伤总是带着满怀素馨的小花来。

流浪者：还是将刀放在自己的身边，

凡是不好的就砍下来，

最终的平安和富足

将归于为他喜悦的人。

把贴近绿叶的生命撕裂开，

人的心底将荡起一圈圈红光的波纹，

就像一只彩斑的蝴蝶左右飞舞。

歌手：你说的不是不对，

但人在刀锋面前，

挺起坚硬的脖颈又有什么用，

在这时候，

又有什么比能生存下来更合适的吗。

（此时那个醉汉已伏在桌子上睡着了。）

幕 间 曲

（黑夜在中午时分来临）

中午的阳光极好，有一方硕大的头颅从一个不知名的所在，独自向我探出头来，牵引住我的视线。他说跟我走吧，看我的手上还有花冠和玫瑰呢。隔着那层遮掩着未来的纸帽，我看不清四周的景象，也许崎岖蜿蜒的路途之上，有无数拥挤的幽灵正等着我的到来，我是他们的救世主吗，那他们为什么要怀着对未来的恐惧和希望等待着我的到来呢。如果所有不知名的时间延亘在我面前，如果每一扇门都有寒冷的风雪吹进来，如果我不能使他们在暂时或久远的消逝中得到安息，我的到来有什么用处呢，其实我同他们在死亡面前同样一无所知。伤害乃至破坏摧毁停在床上的没有灵魂没有心跳的躯体，这是要企图征服谁，巨大的力与美及其所形成的和谐都已开始模糊不清，谁说那非凡的带有特殊使命的使者就要来到我的面前作为过渡，你们要以什么样的形式存在于世间呢。那些即将逝去的都圆睁了疑惑的双眼问："下一步我该怎么办呢？"这使我在中午时分就想到了黑夜，它可以让灵魂自由地悬挂在静极了的树梢之上，这样可以不必为了什么强求自己向前或向后退却，但阳光却迟迟降不下来，我便合拢双眼，屏住呼吸，我的家人我的朋友还会哀怜我吗。我的灵魂此时只是在我的躯体上空自由地飘摇，那里长满了蒿草，有一只鸟儿在上面蹦蹦跳跳地捉着虫子，由此我感到了极大的安慰，因为我知道在世间，不能靠拢的就要赶紧避开，要学会在暴力的威胁之下生活。晚星似乎已经开始闪烁，我相信那是一种荣耀，不是一种无休无止的幻影，它是不是要在我狂乱的时候使我沉睡。

疏勒河的流水溢上岸边丛杂的小径

第五幕

人物：中年杀人犯

布道者

流浪者

时间：晚上八点

地点：酒店的"义"字号房间

（布道者上。）

布道者：我看见房间里有一个长着鼠目的人，

他灰黑的影子正窥视着我们，

并且嘴里还叫嚷着：

有人要把我拽下沼泽。

他的旁边悬着一把墨黑的刀，

还有血随着他的声音

不断地滴落在地上，

试图要吞噬一切。

他是谁？

我看他的力量在夜里的肉体上

都已消耗尽了，

我们不知能不能说动他，

让他跟着我们远离这个城市。

（中年杀人犯似乎已听见了布道者的话语，但他没有抬头，也没有月光从窗外透进来。布道者转身面对着他。）

布道者：我知道你前行的过程

是渐渐孤独的过程，

在时间的深处，

一只什么样的帆伤害了你，

使你像一只将死的鸟

在天空中慢慢地向下滑翔时，

还要经常避开别人。

你不如跟我走吧，

人们对于一只远离的鸟，

不会说太多指责的话，

这也算作一种摆脱。

那时你会看见天空中舞动着正直的光芒。

中年杀人犯：你所说的一点儿也没有用，

如今谁会再去分辨真诚与伪善，

善良与丑恶的界限，

我倒觉得所有的沉落和凌辱，

都来自对我身边这把刀的生疏。

有一只特别的虫子

一直不知疲倦地走在我的心中，

因此走在光明通往黑暗的路上，

有时杀戮是不可避免的，

撕毁与那人的誓约，

打碎那人的骨头，

把他们交予一种罪恶，

这就像一名农夫，

春天播种，秋天采摘，

是天经地义的事。

合唱队：还没等眼睛睁开，

那作恶的人就临近了，

无论谁慈爱的声音他都不听，

他要行在一切之前，

用说谎的嘴唇和诡诈的舌头，

让人们所喜的炭火脱离人的左右，

他伤人的绿眼睛不会怜悯地举目，

他不怜悯人，

谁会阻止他到达极处，

他的影子曾像鸟雀淹没了人们的声音，

他要使人们收割的禾捆霉烂，

他不让人们安心吃劳动得来的饭食。

当他所施的灾祸降临，

他所行的道路

就是黑暗中野兽行走的道路。

流浪者：刀锋怎样行走，

人便会怎样躲避，

你丢掉宝库中的金子、银子、香料，

还有贵重的膏油，

却要拿起那些生锈的武器，

使人蒙受永久的凌辱，

这将是你日后不能轻易抛弃的重负。

它将使你的性命有所危机，

就像狂风卷起你身上的残破的衣布一样，

你没有感到这样的世间

足以令人恐惧吗？

你还是悔改吧。

我们不能再让邪恶把你猎取，

让你再行我们厌恶憎恨的事情。

中年杀人犯：你们敢这样对我？

人们心中的纯洁的鸽子已全部飞走，

善意正被链子拴在肮脏的马桶之上

受着审判，

软弱倒是停驻下来开始创造万物，

它用风扇动起的虚假的意象，

使不少人暂时活在自己腐朽的肉体里，

也使我自从进入这个城市，

就从未再见过那种平安的景象。

我不是不知那些没有为自己认识到的美丽，

一直为外人所欣赏，

但从黎明到黄昏，

从花开到花落，

我只能这样在刀边，

在生存的艰难中，

吸取水分，接受阳光，饱啜空气，

就像一只荆棘鸟把一根长刺

深深地插入自己的前胸。

（中年杀人犯没有任何愧疚和痛苦的模样，他看看外面，细小的
无头无绪的雨已下起来了，四周的灯光混着雨雾一起漫过了行人
的眼睛，有一个沉闷的声音在空中回荡。）

布道者：把手中的武器翻转过来，

用火焚烧，

如果仍有瘟疫、刀剑、饥荒攻击我们，

并进驻我们的住处，

就将城市边缘的火点燃，

将四周所有的尽都烧灭。

我没有臣仆，

如果人心如同原野也变得空旷，

我这样坚守着城邑那破旧的门，

乃是为了那些被残害、被驱赶的

如同牛羊的人。

你们要将四散的正义和勇猛交集旋返，

否则我的骨头就要发颤。

我不仅要妄自诅咒，就地哀伤，

更要击打所有的罪过，

因为他们所行的道是恶的，

他们的勇力使得不正。

在这世上，为什么仍有那么多人

提着刀，忘却别人的不幸，

任身边邪恶的蛇蟒随意走动。

中年杀人犯：你看远处的火车开来，

窃行在人的脑际，

人的丛林中，

一个玩刀的病人从医院里来到这里，

后面跟着他流浪的儿子，

他用刀隔住一道道嘈杂的声音，

为的是让儿子能在没有烟尘、臭汗，

还有无序的喧响中默默成长，

能让儿子这样在清清纯纯中前行，

这是他觉得最为满意的事情。

但铁器、白皙的大腿，

捏成半圆就碎了的拳头

却使这一切渐渐失去了踪影，

这些也是我以前的样子，

你说如今该怎么办？

流浪者：虽然毁灭是免不了的事，

一片凋零的落叶

也在美丽了很长时间后，

失去了本身的美丽，

但能在刀光中依旧雪亮的，

仍是迷迷茫茫中那一闪一烁的光线，

真正的花朵

仍是在刀丛中开出了的花朵。

布道者：你看你所行的是什么道，

人们所怕的，

你为什么并不畏惧，

你不论怎样前行，

你必定要走入乌云的黑暗中去，

如果有人在其间看见了亮光，

那更不是你的荣耀。

（对刀的作用决不可轻易违背，它反射的两条光线告诉我，选择相同的目标，绝不是选择相同的道路，但笔直的那一条是不是谁也不能得到。）

疏勒河的流水溢上岸边丛杂的小径

第六幕

人物：老年官员

布道者

流浪者

女侍者

时间：晚上九点

地点：酒店的"善"字号房间

（布道者走遍了整个酒店，并没有一个人能认同他的观点，布道者不禁感慨万分地来到另外一个人的房间。）

布道者：看看眼前的这些人已是醉意朦胧，

并且倒在妹妹的怀里殒命，

我真想知道他们屈从的目的到底是什么，

不管他们在心灵的路途上怎样逃窜，

我期待着他们仍有高贵的希望，

能保持住自己最内心的那些良善，

寻找真正快乐的生活。

（外面有许多人因衰落而饥饿，因饥饿而抢夺，还要被许多灰色的语调围在其中，在被人追逐中逃避黑暗的刀枪。）

女侍者：你说的话令我心惊，

你听在隔壁的房间里，

我的那些姊妹有些在强颜欢笑，

有些正在床上翻滚着，

和她滚在一起的那人的口袋里的纸币哗哗作响，

所有的东西都在像锅底一样的黑夜里，

开始像鱼一样地游动。

虽然人的脸看不清是什么模样，

但那是我辗转反侧最难入睡的时刻，

所有的指尖都抵达了花心的内部，

什么都已起飞，

什么都无法返回，

我承受了怎样的痛苦，

使我无法面对那开成深红色花瓣的伤痕，

老年官员：不要说那么多了，

灵魂不会在夜晚时分醒来，

那些鸽子飞过的教堂也是虚设的，

在拥挤不堪的人流中，

最多的就是我这样的面孔，

但我喜欢在这吃熟了和未熟的果子，

我不去管那些果子成长的路。

灵魂已退到最隐蔽的地方，

黑夜才是最大的施教者，

你看，窗外的枝叶就像巨大的洞穴里

露出的一条人的腿，

让我觉得非常熟悉，

它却在外面抖动得厉害。

布道者：你已找不到要靠的岸了，

即使你找到了，

你也不愿靠上去了，

你不过是用肥胖的躯体

装着空空的魂魄罢了，

就像有一只鸟在岩石的裂缝中紧缩成一团。

疏勒河的流水溢上岸边丛杂的小径

你那空壳的驱动

不过是来自一种欲望和诱惑，

夜晚也不过是你不停地揉出一些泡沫，

让人避之不及。

它会在你行走的背后一次次地幻灭，

人在这个时候显得多么丑恶，

黎明伴着巨大的声音

将绕过你的腰部，

砸在你的脊背上，

你那在四处奔驰的

赤裸而骇人的灵魂还是回来吧。

你还是悔改吧，

否则无尽的焚化将使你内心的形状

变成蛇的样子。

流浪者： 生命从开始落地时，

人就在茫然中受到了那些攫取的

心意和目光的伤害，

人们都在互相戒备中，

把那刀藏在内心之中，

好让自己放心地与别人的心灵接近，

但刀总是有意或者无意地伤害了别人，

伤口会被人不断地合拢和剥离。

但不论如何，先前那些不可预见的，

我们都已经历，

因此我们要确信我们所期待的终将来临，

老年官员： 来，小姐，斟上酒，

不要听他们胡说八道，

有什么比手中的酒杯泛着红光

更令人惬意，

有什么比富贵温柔之乡

更令人留恋。

也不要去管那么多，

朝着任意的方向行走，

你都要付出许多，吃力地行走，

还有以往那些据说是动人的恋情，

请用想象把他们裹进黑夜的尸布里。

天色已晚，

高悬天边或临近街头的

已不是那些刚刚离家单纯的雏鸟，

她们带翼的乳房引诱我来，

在我所能感知的生命中，

无论是天空的飞鸟、鹰及燕雀，

还是地上的走兽、狼及羊羔，

都是我珍藏的黑暗的偶像，

它们虚幻了我一生的命运，

因此我根本不愿忍受即使是最小限度的忍耐。

我不会学着别人的样子，

从自己的骨头上剔下筋脉，

慢慢积聚的黑暗已把我烧成了黑色，

我绝不会加以改变，

你们还是走吧，

生命的沉重之门已向你打开，

狂暴的风中，暴虐的人都已过来了，

散布在这四周，

你将怎样用正义欢呼并教诲他们，

你别指望从他们身上找到什么保障，

他只会让你的心绪断绝。

羊群被拯救的办法不是靠牧人的守护，

你赶紧走吧，

别再浪费我们的时间，

你到别的房间去转转，

如果有人听了你的教诲，

而改变了以前的恶习，

离开了众多的扰攘和喧嚣，

我也将自己的心灵皈依随你而去。

（离酒店不远处，工地在夜晚时分的面容在模糊中透着分明，那个巨大的建筑物垂着双手站立，它一直像植物一样生长，它的背后是更为广阔的背景，就像一个十八岁少女的爱情，这样的建筑物在没有星斗闪着微光的夜晚，遮住了多少本应从里面传出来的喧哗，当最后一个季节也接近了尾声，顺着我所看不清的某些缝隙，我知道人的依靠不能是这样的依傍。）

第七幕

人物：流浪者
　　　布道者
　　　合唱队
　　　商人
时间：晚上九点二刻
地点：酒店的"真"字号房间

（合唱队的声音从街上传来。）

合唱队：我们安于内心的休憩，保持沉静，
用千丝万缕的痛苦将自己裹住，
避免让风雨一次次地侵蚀，
但人所需要的严肃的魅力
都悄悄藏到了荒凉和峡谷的后方，
我不由得悲怆异常，
我真想叫一种不为人知的东西，
唤醒这种忧伤。

商人：最终得到什么，
才是我久久盼望的丰收。
我看着在我仓库里的一粒粒粮食，
我知道花苞萌动的时期，
已像燃过的灰烬开始发白，

对一种奢望的窥探和需求，

对现在的我来说，

是我一生中必须靠近的那种温暖，

谁说我不是活在希望中的人。

记得不久前我就住在一个地下室里，

那个地下室没有窗户，

一扇钢筋水泥的大厚门

让我再次体味到非人的滋味，

白天我四处奔波，

夜晚就想起紧挨着地下室的那些高大的楼房，

那里面的规格特别高，

卖金砖的、卖新旧纸币的也特别多，

在里面，女人们白皙的脚，

更是散发着醉人的香气，

那时地下室里只有我一个，

打扰我的只是我自己的心跳，

很多夜晚，我却在其中难以入眠

因此我从那时就知道了，

弱小的良心肯定也无力保护

一个幼小的生命

和每一棵结过果实的庄稼。

流浪者：你是做什么生意的?

女侍者：他是卖刀的。

商人：小本生意而已。

女侍者：对，他是个大老总。

（女侍者盘腿坐在了商人的腿上。商人趁势搂住她。）

布道者：虽然你是卖刀的，

但你并不知道刀的作用，

你要用那刀切开自己的身体

从那散发出来的气味，

你会发现你以后的路正被高高的债台堵着。

随着时间的深入，

你会越来越懂得，

当刀入睡的时候，

魔鬼会出来吞食人类的儿子，

你想刀用在何处，

会使灵魂的意义将最为鲜明。

商人： 我怎么不知道其中的道理，

但我是决不能回头的，

面对刀锋带来的一切，我忍住，

尽量不去接触那朵依然在我心头绽放的花，

刀锋的锐利只是对于像花一样的柔软的东西，

而我的心肠已僵硬如同磐石。

随着时间的增加，

我先前在黎明的神白里泛红的脸颊，

正在转变为灰色。

布道者： 雾气转开了早晨的光线，

没有帆，没有桨，

也没有舵手藏在泛起白色渣滓的河流之上，

翅膀是现在唯一拯救人的器具。

但有人的翅膀上，

却有腐肉没有剥掉，

而且还要对着所有的伤口荒疏拖延

这让我们感到多么艰难。

我看你要把你所卖的刀挂在腰间，

随时准备抽出，

如同斩杀万千贼首一样，

斩掉你这些不正的想法，

女侍者： 可我似乎看出

连你内心的灵握着刀柄都说，

带刀的时候，

便是仇敌增多的时候。

流浪者：刀是用来装饰，

还是用来防备恶狼的偷袭？

在什么时候藏住，

在什么时候抽取，

时机和力道如今还是能把握的事。

女侍者：就怕所有的伤口一下子张开，

背对着这把刀走动，

被人刺伤直至被斩杀，

却找不到仇敌的一点影子。

商人：你们的争辩是无用和徒劳的，

外表的美丽是呈现给别人看的，

美丽便浮现在向阳的一面，

丑恶是支撑脉络错杂的另一面的。

此时，是哪一面示人，

已显得不太重要，

当夜晚像落叶降临时，

它们也会穿越

那轻易不能穿越的生死之门，

它的轻飘同人和人之外的万物一样。

在你们眼里，

有时失掉了美丽，

便是失掉了生命，

但发现了丑恶并能接纳它，

其实这才需要相当的眼力和内蕴，

因此我们在伸出手掌时，

也要习惯把长满蚕茧的那一面朝向大地。

你们刚从隔壁来，

我请他们的客，给他们钱，

我们便成了朋友

你们知道这是为什么？

他们那么容易地就能取得许多东西，

仅仅是因为手中有那么一点权力，

从这点上，我走到这一步是多么不易。

你们进来劝说我，

叫我轻易放弃，能行吗。

你走吧，我卖的刀送给你一把。

（话外音：当刀影像大雁飞掠过秋天的树枝一样掠过刀背，雪融
的刀声便开始挂上枝头，发出响动。附在刀背上的灵魂也会从一
冬的沉睡中醒来，我首先见到的刀背上，那一只最后受伤的鸟，
正用刀鞘无尽地嘶唱遍地的悲伤，继而是贴在刀刃上的种种迹
象，以及与刀背向而飞的鹰，继而是一枚未熟的果子，在预见中
平静地落入了心底，这会使人想起，刀光乃是一朵被人敲打成金
的诱人的花朵。）

合唱队： 在今夜，黑色猛地加大了

浓缩的程度，

像酽酽的一杯墨汁倒在了

一只巨大的杯里，

这使我感到黑色城堡的夜晚

要比我想象的要长。

我举手，试图换一种美好的姿势，

但它却像水一样流淌，

并溢满了我的全身，包括面孔。

我可以羞愧，可以惧怕，可以欢乐，

可以聚合，可以忘却，

可谁还会用自己的血锤打心中的利器，

选择一种新的方式

开始新的舞姿。

疏勒河的流水溢上岸边丛杂的小径

第八幕

人物：流浪者

　　　合唱队

　　　女勤杂工

时间：晚上十点

地点：酒店的走廊

（黑夜的景致：像所有的灵一样，午夜的灵也在寻找一个最恰当的机会，向四周延伸。它是一朵花，但并不向着阳光而开，照耀在夜的黑暗里迷了路四处环行的人。人们也便跟着前去，生命诞生在午夜的多，在午夜消耗得也多，就像在秋天，获取的果实与凋零的落叶一样在人们的心中引起震颤。午夜的灵能慢慢向四周延伸，这种力量使人沉静，能在这时候坚持着向前，这让人感到多么艰难。午夜，人们都睡着了，我说不出更多的话，也无法听人诉说，只有午夜的灵在瞬间成为人的魂魄。）

（合唱队的声音传来。）

合唱队：原先吹奏的欢快的号角

已不复存在，

我们默默凝视，

把它最惹人怜爱的地方望了又望，

在一些夜长昼短的日子里，

带着惊奇，作为吟游者在那里歌唱。

但我细看，仍有一种迫在眉睫的生命

在一时间显在眼前，

我不用给人隆重的犒赏，

也不必祈祷和斋戒三日来显示自己的诚意，

人的天性仿佛都是一样的，

这会让我们觉得它似乎不但解渴，

而且还有一种延年益寿的作用。

（流浪者从房间里出来，见女勤杂工正在打扫走廊。）

流浪者：你看，来这里的客人

比以前的国王还要奢侈和荒唐，

虽然他们不太像在高处盘踞的毒蛇，

但他们还是在旋转的舞步中，

垂下了深厚的毒腺把油亮的胴体，

紧紧缚住，像绳索一样地扭曲，

那些人的微笑在逼近温软的床时，

变得丑陋，

像一个虫子在地上随便滚动。

你整日待在这里，

就没有感到过厌烦，

你是安于现状，还是想和她们一样？

女勤杂工：我们的工作是根据容貌的美丑来决定和分工的，

漂亮的就被安排在房间里伺候客人

像我，只能干一些扫地、提水、择菜一类的粗活。

流浪者：你也愿意和她们一样吗？

女勤杂工：多赚钱谁不愿意。

家里的父母、兄弟、姊妹都需要我们赚钱养活，

但我们大多数是能安分的，

并不是像你们想象的那样。

即使是出卖了自己的容貌和灵魂的，

她们也不过是在客人面前强作欢颜，

你是谁呢？

你不像是来这里找乐的客人，

因为你的眼睛里并没有醉意和邪恶显露。

流浪者：我是一个在街上流落的流浪者，

我是来找我的女儿的，

她从家里偷着跑出来，

我来把她找回去，

却一直没有找到，

今晚我遇到了一个布道者，

我便跟着他进来了，

来这里看看有没有。

女勤杂工：找到了吗？

流浪者：想是不会找到了。

我已走了许多地方了。

一路上，

我已看到暴戾的余烬全都逼近了，

我仍得不到什么暗示，

如今我的性命要归于尘土，

谁会用他们的活将我拯救。

合唱队：如今，美丽开始赋予人

羞耻的纠缠，

而且越美的遭受的诅咒就越大，

人的言语也像霜花一样刺人肌骨，

我打开随便一个人的表情，

见沉睡已久的腐气重又绽放，

肉体的门也在黑夜中打开，

是谁让那本不该出世的小孩

从门里探出头来，

使人认清了虚无的极端。

在夜间，是谁在镜中对着昏黄的灯光，

照见了自己苍老的面容。
而在明灭的光中，
我仍然见到了两个人的躯体
在床上的转换，
真爱在旋转的中心就像一盏灯
随风晃动，即将熄灭。
这是一个永远也结束不了的夜晚，
城市的中心，
街心花园的花簇中，
像刚经过了一场风暴的花，
躺倒了一个个白皙的躯体，
为什么夜晚总要向蛇靠近一步，
令人把握不住，
流浪者：就在霓虹灯闪亮的时候，
我看到邪恶的手掌
印在了一个少女渐渐隆起的身上，
是谁扒劫了她的圣洁？
女勤杂工：当我们受难时，
谁将在绝望中歌唱真实，
在黑夜里为每个人做永久的守候，
也并不抛弃我们。
流浪者：那你就跟着我们走吧。

疏勒河的流水溢上岸边丛杂的小径

第九幕

人物：布道者

　　　流浪者

　　　合唱队

　　　客人一

　　　客人二

　　　客人三

时间：午夜

地点：酒店的后门

（流浪者面色沮丧而且疲倦地上。）

流浪者：那沉沉来临的夜晚，

凄然地湮灭所有的希望，

在这斑斑驳驳的浅蓝色的树阴之中，

连一盏照人前行的灯都没有怎么办？

你看，路上的行人，

他们滑动的弧线比蛇更为活跃，

他们的嘴唇通红，

没有什么可以与它相比，

似乎是蘸着血

吃了从生命树上摘下的未熟的果子，

虽然我看不清他们是否依然知道善恶。

但从这一刻起，

我一感觉到天一时间竟起了凉风，

光一时间竟都藏在了远处的枯枝后面，

我不由感到愤懑，

接着便有一种烦躁飞在我的心头，

我见他们并不急着向远处行走，

我想过去问问他们：

你们脸上艳色的春波，

是不是晚霞毁灭的遗迹。

客人一：你们回来了，

我们要走了，

却不是跟着你们而去，

我猜想肯定没有一个人会认同你们的观点，

你们无论怎样地冲杀，

并用雷轰、地震、旋风和吞并一切的火焰

向人讨罪，

那都没有用，

那你们无论用尽什么办法，

都浇灭不了所有尘世的欲望，

你们所说的每个人周围的保障都如梦境，

万事的洪流中，

所有的异象都已败落，

白昼里和黑夜中残剩的力量，

也必将被无妄的欲望掠去，

因此你们的努力是徒劳的。

客人二：你虽然要从宁静光辉的乐园

走向人们心灵的深处，

但别人却会认为你们是要他们

领略冰打霜蚀的道路，

你的眉头虽然紧缩，脸如木雕，

疏勒河的流水溢上岸边丛杂的小径

虽然你的内心有繁盛的力量，

但你还是不得不再次体验忧郁之下，

那赭红色的细嫩的新芽随落花沉寂的震颤，

在这午夜，该唱的歌已一遍遍唱过去了，

风中，已不剩什么，

你不是说你们能指认谁是世间的贼子吗？

你们说是什么使人早早就失去了一种高贵的精神，

往事在人为的分割之中太自由地飞了。

其实我还是会在你灿烂的心中，

一起一伏地得到了一种启示：

刀锋插入自己的胸膛也是好的，

只要真实。

但我依旧不能放弃我现在已有的一切，

跟着你远远地离开。

布道者：以前的那些易碎的夜晚已经结束，

这一夜是再生的夜，

城市的八月，蛇会向人逼近，

那时还会有人打开雨边的门，

让阳光照进来吗？

当风再次袭来，

我沿着岁月的顶端注目，

伤害将比想象到的更要厉害。

但不论怎样，即使冷冷的夜里，

只剩下我孤身一人，

我也要坚持着赎回人们的罪过。

客人三：整整几个春秋了，

风雨将停，门将敞开，

根也将在地下展开，

但我却仍然不知什么在成长，

什么在衰落，

又是靠什么而生长，

因何而衰落，

我是否还能看见远处有一面叶子

犹如旗帜在高高飘扬？

（此时街上的灯光突然间熄了，空气也停止了转动，连远处的镶着金边的卷瓣红花也已落下。）

流浪者： 我的女儿还是没能找到，

这使我更加不安和担心，

因为我有一次看到了令我惊异的景象，

比如秋天还未到，

一把闪光的刀便把刀锋

印在了那枚青涩的果上，

粉红色的肉掀向了刀的两侧，

看了之后，谁不会心痛，

虽然什么也掩盖不了大地的根基，

但我更多的是看到了

人们为别人所设的圈套，

那些人的舌头尖利如蛇，

嘴里还不时吐着虺蛇的毒气。

但有人要从头引导你们走向正义的道路，

你们还是听听他恳求的声音吧。

（流浪者显得悲伤异常，眼见着那三个客人摇晃着离开，就在他们消失的所在，有成排成排的风不断涌来，那时的虚幻真是强似真实的存在，颓残的景色滋生着万千邪恶，是谁杀害了有血气的人的源泉，是谁违背了自己纯洁眼睛的初衷，闯进门来争夺，走出门去征战。）

第十幕

人物：布道者

流浪者

合唱队

行人一

行人二

时间：午夜

地点：城市的街上

（街上的灯光下，有一个乞丐正在咯吱咯吱地嚼着东西，他的目光让人无法辨清。此时童子合唱队的声音传来。）

合唱队：王，极高贵的王，

带我走吧，

我把自己的形体隐没在渐渐消去的夜里，

我要跟着你去。

我知道你去的那里，

每一片落叶也都是真实和自然的，

并不是摆在桌上的赝品，

鸟儿的声音都是从它的心底里传出，

不是停留在喉舌之间，

王，让我也生活在真实里吧，

让我的灵魂就在你的光芒里沐浴。

阳光是极好的，

突然有一只狼

却又从我的心里直窜出来，

它又要去祸害谁，

王，抓住它吧，

抓住了他

就是拯救了众多生灵。

（话外音：狼并不比人令人害怕，狼茹毛饮血是野兽的毛和血，人却要吸取我的骨汁，他们要灭净我的一切，包括我的精神，而当他们的枪口对撞在一起，我真搞不清真正的猎人是谁，但我已知道那狼是我如今唯一的朋友了。）

布道者：让我们一起走吧。

流浪者：走吧，我也不想再看从城市的瞳孔里

流泻出来的那些深意，

我也要走了，

我还是回我的贫穷却温暖的家去，

那里的阳光是多么厚重。

如果你再听听街头的那两个行人的谈话，

你将更加坚定这种信念。

行人一：走在城市的街上，

我不认识谁，

谁也不认识我，

这更让我得知，离开家的人，

钱是如今最好的工具，

只有一点让我觉得奇怪，

为什么目的地就在这个城市的某一条街上，

我却找不到。

行人二：车站两边一样嘈杂，

行李，包括污言秽语都堆积如山，

一大批人走了，

另一大批人又来了，

堆积的东西虽然在不时改变，

但汗臭、脚臭以及霉菌的泛滥一如从前，

有一个孕妇从连椅上起身，

来回走动，

但她肚里的孩子却没有爸爸，

她也不是孩子真正的妈妈，

布道者：飞翔的负担在高远的目标间

已凝滞得多么可怕，

许多事情的覆灭，

远远并非由于踏碎了他的光彩。

弄出裂痕加在自身，

我最深爱那用尽了血开放的花朵，

它用自身的经历不断指示给人：

灭亡的边缘便是光明的深处。

我由此注意到那异象中诞生的芬芳，

饱满如少妇，

保持着一种高度和极深的意义，

从日出到日落，

使人永世无尽地得到安慰和拯救。

（布道者看见夜深得竟让一只带伤的蝴蝶辨识不清方向，她来自何处，为什么要这么坚持着飞在混沌的尘埃里，她满身的色彩所结成的方环已把病魔旋转着前移，转眼就来到人们的面前，她要寻找些什么，却忘了归家的路，其实关于幸福，就是别人把一支箭钉在自己身上，自己亲口舔舐的滋味。）

流浪者：看见形体，

有时并非就是看见本质，

比如在白天看见的一切

就不如在夜晚看到的更具有真实的意义，

城市里面，任何的生长都非默默地，隐于无形，

从中，我深知人间最深的一切

而当灵魂占有更多的意志，

生命的源泉就能很快分布到身体的各部，

那些深得见不到底的成熟的轮廓和光泽，

必然是真的本体的色彩。

合唱队：如此迅速，如此在漫长的夜里，

旗帜竟不像以前那样，

以覆盖邪恶的万物为己任。

是谁构造了这么多的隐秘的事物，

不等待光明，没有成熟，

就已开始坠落，

其中，最使我感到焦躁的是什么？

当等待的光线在反射中消尽，

我要观望或忍受这光芒之外的重要部分，

在飞翔和停落之间歌唱，

让那些从内心里喷涌出来的重归于自己的骨头，

突然，面对深渊，光和亮分开了，

牲畜和飞鸟在突然之间都灭绝了，

却还是有人说：

你们想得到的终归无有，

布道者：哎，还是让我们走吧。

（布道者还未回过身来，在他背后传来一片喧嚷的声音："酒店着火了。"布道者、流浪者、合唱队一起说："着了就着了吧。"便一起退出了场。）

疏勒河的流水溢上岸边丛杂的小径

结 束 曲

（寻找光芒）

　　越过众多的花端而不被倾覆，我因此到达了岩石的顶端，我看到我所预感的，并且为自己所歌颂的东西，正慢慢地在向自己靠近，那是在影子隐退的地方，我知道，我不能停下，也不敢歇息，当我在铁腥味、机油和火药中再次回头，我见那片光芒似长矛和利剑，正从花丛中慢慢升起。我想阳光之下能容纳鲜艳的肉体开放的，必然能达到容纳死亡和新生的高度。

1991年的旧作：十二首残剩的情诗

第一首　雨夜的波浪

夜晚，在雨中与你一起散步
真实奇妙
身边掠过一棵棵树
把人们隔开，棵棵都很孤独

黑夜的歌声从对岸飘来
吹熄灯光
抹尽所有渴念的往昔的银光
雨中，再也没有什么可喜的东西保存下来

你似乎要完全把我隔在尘世之外
独自想象着遥远梦想的光辉
我愿就这样静静伫立在树木之旁
想我的爱和我爱人亲切的眼光

这个晚上，街上落下哗哗的大雨
在没有人的时候，只有你动听而美妙的歌声
才能使我不安的心窍安谧

第二首　最后的季节

再把你温柔的气息
无选择地洒向我的头顶
那些红艳的晕霞
你的渐渐逝去的别离的温情
还把你在吻别之时
放散清香的爱的气息
和我的骄傲——你袅娜摇曳的黑发
剪夹在皱叶累累的心里

第三首　深夜的街上

路灯在今夜透过雨雾映在
潮湿的石板路上
只有罪恶和欲望还没有睡去
在夜深时分
发出摇摇晃晃醉醺醺的彩光

在这没有星光的夜深时分
没有跋涉过艰难的长径
懂得中途甘苦的人
就不会了解这些明灯
为人深深眷恋的光辉

就在整个今宵
我的青春跟我挥别之后
暖风和驼铃之声
将把幸福洒向我们的头顶
而西山的窗外
鸟的羽呢

疏勒河的流水溢上岸边丛杂的小径

第四首　黑黑的树林

今晚，在我们胸中
深深藏着一种热烈的忧伤
漫步在这黑黑的树林中
天空中，充满了纯洁的银白色的星光

你就悄悄站在这场梦的边缘
路上再也听不到有一个人来
转向无限黑暗的这点光明
在这良宵
我直呼你的名字，有多么痛心

偶尔一圈光轮也飘过来
美妙难言的歌中之歌
使默默的远景
奇迹般出现在月光的湖中

记忆里，阴霾给光明镶着金边
忽然想起，身边株蔓滋生的美妙
还能有谁的声音

第五首　给蓉儿

蓉儿，告诉我
我这是躺在哪儿啊
雪白的纸满街飞舞，多可惜啊
去捡回一些吧
外面的马车上有那么多美丽的花环
而你的眼睛为什么湿了，蓉儿

远处有高高的厅堂
红砖碧瓦的角檐
还有些美丽的花儿
特别是四周都点着蜡烛
那金黄的光辉
会使你感到神清气爽，是不是

蓉儿，看你哭成这个样子
有多少怅然守望的夜泊的情怀
没能向谁呈现
而绿色的帆
赭黄色的风樯呢

疏勒河的流水溢上岸边丛杂的小径

第六首　黑夜来叩我的家园

你，进来吧
我要安静时
我需要你孤身一人地来

真的，你的黑眼睛
在今夜，片片的雪花和猛烈的风
在窗外吹刮
你又恢复了温暖的生命
怀着强力的微笑
像无言之歌一样辉映着
想象，有一个人从昏暗的旧境中来
酷似你
在这闲散的时间里
我们一起度过了多少时光
你可知道并记得

我已过惯了这样孤独的生活
现在你这黑发姑娘就坐在我的身旁
使我感到特别舒畅
窗外，月光还挂在树梢
而草地上却没有了人迹

你的到来和你的逐渐消隐
遮没了天空
却没有扫却我的兴致

疏勒河的流水溢上岸边丛杂的小径

第七首　梦的降临

夜幕降临了
宴会已经散场
我也常常在这时瞧你
冷冷地，默默走过的路程

你克制住第一次的惶恐
我们相爱
让你又亮又长的蓝发
随着任何微风飘动
常常出现在我年轻的梦里

你可理解我其中黑暗的忧伤
黑夜一开始
你可否忍受住这深暗低沉的愁郁
就像我们从前的心中
向往淡淡的幸福一样

今夜银光飘游，我来
就是想问，你是何时像云一样飘在梦中
变得又白又美又遥远的

第八首　雨街

我独自走在花园的路上
这里，我曾与我的恋人双双走过了不知多少次
绵绵的雨如今却总下个不停

园中，明媚的夹竹桃林里
果实和蛇以同样甘美的强力
诱惑我，这个季节
不适于生长幸福和享受爱恋
而我们那片失火的森林
竟这般美丽

此刻，青白色的光辉全部熄灭
午夜的阴影
逼近你最后的摆舞
落叶打在脸上
万物被这雨夜的光环紧紧裹住
往日的那么多欢娱和哀伤
从我青春的年华上掠走
云冠的黑夜拥积在你脸上
悲愁油然而生

而在这深夜的雨中
我耽误了什么重要事情
使我如此不安

第九首　我们的青春

秋天的黄昏使我想起了你
森林一片萧瑟，红光消逝
山冈的边缘闪起暗淡的光轮
看湖中自己灰黄色的身影
露出不知所措的忧郁的目光

杨树间吹过闪闪的风
风在小树林中迈着迟缓的脚步
把最后一滴火热收拾干净
在我面前却是黄昏的恐怖
——暮色沉沉，还有死亡

一轮新月还在你侧脸的时候
射出半明的光
从那不知名的墙上孤寂地升上中天
它的光辉给森林、草丛、池塘和小径
镶上了抑郁的苍白色的边

就在今夜，当夜色昏暗朦胧
片片的雪花和猛烈的风

在窗外吹刮

还有谁会比你更轻地伏在风中

——痛哭

第十首 花园

在静静的向阳处
小山旁有阴暗的树林
白色的别墅像大理石一样
闪着白色的光

穿过城市，就是这座古老的花园
四周都是狭小的街路
我们留在这座花园中的幸福与悲伤
在街道上继续不停地流逝
你就像那些古老的歌
到处长满青草与地衣

但我仍要沉思默想到深夜
想当初，你的歌声
跟你高贵、柔和、童稚的眼睛
融合在一起
覆盖了整个山林

那时，我很久很久地倾听
涌上心头的日子

就像美丽无比的暗暗的群山

在明媚的草地尽头

现出柔媚的清姿

第十一首　红果

紧张时
看身边的事物
看着这枚红果
手掌伸过来
刀在案边
分离
是不是注定了的结果

想遥远的那株树
哭落了一些金黄的眼泪
此时，握住那树捶打　晃动
已经无济于事了
这不再是雨季中
那棵坚实的树了

还是走出来吧
还待在那林子里
守着些败叶
还有多大意思
树都懒了
即使明年会发出新芽

原来的地方伤痕仍明显如初

想这枚红果
搁在手掌上煞是好看
但嚼起来
又苦又涩
这种感觉
外人何曾知道

第十二首　雨后的玫瑰

你来，房间都给你留着
灯似玫瑰盛开
孩子是一种最优美的风景

外面的人都穿着大衣走路
黑瓦檐上，雨滴落着
这条白色的河流留下了多少羽毛
而你秀发上绮丽的蝴蝶结
飞过了几个温湿的季节

月光的四周没有声音
夜路上，有一个女孩在雨中狂舞
雪白的脸上挂着汗珠
粉红的围巾一飘一飘
有谁来为你打开那扇窗

黑夜的天空突然降临到头上
举杯在手，举杯在手的时候
杯的边缘，滑落了一阵
细雨的敲门声

疏勒河的流水溢上岸边丛杂的小径

2015年：
疏勒河的流水溢上
岸边丛杂的小径

第一首　黑水城边

细缝的风声，
还是穿过黑水城的空隙，
打湿了人的眼睛。

幻象中的羊群在时间的怀抱里，
慢慢引导人们远离那些照临的冷光，
但是，伤口依旧向前。

在这条河的两岸站满了人，
是谁把那些曾经过往的人群，
从这里交付出去的？

我不会用心去猜度别人的内心，
但我也不想让公平的路在我面前消失。
用臂膀聚集起那些羊羔，
把他们抱在怀里，
若有一个逃脱，
是否要那个放他的人偿命？

直至今日，
丰收的柱像都拿出来烧了，

仍有人要把跟随自己的

都用刀杀死。

而那个能挑开捆在人身上绳索的人呢？

那个能摔碎盛满邪恶和仇恨的黑陶罐的人呢？

那个能敲碎恶人的牙齿的人呢？

那个听到苦渊里呼救的声音

努力用盾牌护住人的人呢？

那个能让人回归自己本地的人呢？

虽然谋害人性命的仇敌仍在，

但我相信长在黑暗里的树，

也能结出丰满的果实。

我要打断那些恶人的臂膀，

清算他们的罪恶，

直到净尽。

第二首　居延海的芦苇长在水的开阔之处

此时的四野之内，
漫长的芦苇之中，
还是有人站在宽阔之处，
朝我微笑。

一只五彩的蝴蝶，
从芦苇的深处慢慢爬出，
它轻轻停靠在离我最近的地方，
慢慢行走在我的心底，
落在我本来披着光彩的眼睛上。

就在这时，
有一张美丽然而凄然的面孔显现出来，
我看见她的眼中闪着泪花，
她的声音也像鸽子，
在受到乌云的挤压时发出哀鸣。

到底是谁才是芦苇丛中
那朵花的原形，
并且只是想沐浴在风和日丽的心灵的微笑中，
作为一朵花为人欣赏。

我明白，

我不能再等下去了，

我侧耳听见了远处传来的呼声和哀求，

我要左手打掉那邪恶之人的弓，

右手打掉凶劣之人的剑。

直到今日，当我穿过四周的昏暗，

我才知道，

我在这里等人拯救已经许久了，

直到所有的芦苇，

都变成蒹葭苍苍的白霜，

也只有一只蛹会变成蝴蝶。

第三首　疏勒河的流水溢上岸边丛杂的小径

疏勒河的流水，
溢上了岸边丛杂的小径。
慢慢的流水汇聚，
是否才是人们前行的真正开端。

当我再次往前走，
这条河的水流渐渐小了下来，
这使我能够看见一朵花的影子
在那河上跳荡闪烁，
它犹如一块悬空的岩石，
给我一种更深的重负。

当完整的景象在西去的驼铃摇曳中，
再次强烈地袭上我的心头，
我知道那条河流的尽头，
虽然并不遥远，
但它却是我命运的源泉。

当我怀着无忧无虑的喜悦向它走去，
河流的两岸有人在不断地向人诉说：
所赐予你的，

你都吃了，
你必抵不住诱惑。

在河水的转弯处，玉门关的城门，
再也关不住了，
就像一只野鸽蜷着身子，
在时间的反面，剖开腹部，
转瞬就化成了碎片。

当河流之旁的那薄薄的原野，
泛起一股明艳的色彩，
我知道那是疏勒河在风雨之中的反光。

第四首　在阳关，烈焰再次火红

在阳关，烈焰再次火红，
悬空的感觉，
我必在枯干的旷野中忧伤。

阳关，四散之群的暮色和云朵交集旋返，
让人的骨头发颤。
往西走，丢掉所有掩面而来的浮华，
是谁的眼眉仍如残雪，
是谁的臂膀坚硬犹如孤舟。

等到一个好日子，
与人一起起誓，
远去的已经依然遥远，
我想问的是，
在我打马而过的途中，
我的身体已然凋残怎么办？

在阳关，当烈焰再次火红，
并把光亮和黑暗分开，
一路向西，
我似乎仍看不到什么才是最好的结局。

疏勒河的流水溢上岸边丛杂的小径

第五首　面对胡杨林，我侧耳倾听

面对胡杨林，我侧耳倾听，
染黄的色彩
就像急流的河水汹涌而来，
这将是人人都无法依靠的虚妄生活。

每个人都像一条蛇，
从岁月的深处穿梭而来，
都将在对优美的渴望中，葬送了自己。
那些青春的魅力也一天天地被吞没，
只有死寂。

但当那只蝴蝶，
在烂断的树木之间一起一伏时，
我把所有的烦恼隐藏起来，
不再去别处示人。

林中，一种奇异的雾气，
让我就要站起的躯体重又倒下。
我知道在原野的深处，
有狼到来必吃我的肉。
我跪下呼救，

而谁会应允我的求告。

不论如何，我依旧坚信，
黑暗里的那一点光，
终究会被人发现。

而在不觉间，在孤寂之中，
在那水边的树阴里，
闪亮的似水之舞开始欢跃起来，
辉映的夜空也开始明亮起来。

疏勒河的流水溢上岸边丛杂的小径

第六首　贺兰山缺

在贺兰山缺，
我走得极为缓慢，
这里不是我生和长的地方，
却是我永生起誓的地方，
——踏破贺兰山缺。

就在我说话的时候，
我看见天上已飘满了细雨，
我知道天是因为风云黑暗
才降下大雨的。

我不能再次奔跑，
是他们的眼光击伤了我，
——还有一个莫须有的罪名，
这让我更加向往前行的道路。

我想人的性命即使如草，
但它腾起的光芒仍会渐长渐高，
直到高得顶天，
并且要长成一些成形的果子，
让那些还没有坚固内心的人

从地底看见它。

到那时，
我的四周将血汁倾流，
旗帜落下，
犹如护根的叶子。

227

疏勒河的流水溢上岸边丛杂的小径

图书在版编目（CIP）数据

疏勒河的流水溢上岸边丛杂的小径 / 王冰 著. -- 北京：
作家出版社，2016.3
　（中国多民族文学丛书）
　ISBN 978-7-5063-8763-7

　Ⅰ. ①疏… Ⅱ. ①王… Ⅲ. ①诗集 - 中国 - 当代
Ⅳ. ①I227

中国版本图书馆CIP数据核字（2016）第045584号

疏勒河的流水溢上岸边丛杂的小径

作　　者：王　冰
责任编辑：李亚梓
特约编辑：邱华栋
装帧设计：曹全弘
出版发行：作家出版社
社　　址：北京农展馆南里10号　　　　邮　　编：100125
电话传真：86-10-65930756（出版发行部）
　　　　　86-10-65004079（总编室）
　　　　　86-10-65015116（邮购部）
E-mail:zuojia@zuojia.net.cn
http://www.haozuojia.com（作家在线）
印　　刷：三河市北燕印装有限公司
成品尺寸：170×240
字　　数：224千
印　　张：14.75
版　　次：2016年4月第1版
印　　次：2016年4月第1次印刷
ISBN 978-7-5063-8763-7
定　　价：26.00元